「もう二度と、私から離れないで。
あんたと一緒なら私は何処にだって行くわ」

リンスター公爵家長女
リディヤ

『剣姫』。王立学校入学時からのアレンの腐れ縁。頭脳明晰で容姿端麗、剣も魔法も超一流の御嬢様。アレンを連れて侯国連合の中心都市、水都まで逃げてきた。

公女殿下の家庭教師 10

Tutor of the His Imperial Highness princess

「――いい景色ね」

侯国連合の中心都市である水都は
古い歴史を持つ。
千年以上も昔、この不毛の地に
人々は集まり、
交易都市を形成していった。
伝承によれば、獣人族が都市の
基礎を築いたという。
以来、様々な種族の人々は力を合わせ、
大陸中にその名を讃えられる
大運河をも整備した。
水都とは名も無き人々が
世界に示して見せた――
至宝の如き人類最古の都なのだ。

「美味しい物を食べて、たくさん眠って、運動していたら、こうなりましたぁ」

「う～……ステラの意地悪」

アレン商会番頭

フェリシア

はいからメイドさん

リリー

アレンの義妹
カレン
「……それにしても、どうしたら、
そんなに胸が――……」
「フェリシア、無理をすると、アレン様に
叱られてしまうわよ？」
ハワード公爵家長女
ステラ

公女殿下の家庭教師
アレン
「レティシア様がこの場にいたのなら、
全力で貴方を止められるでしょう」

「だから――……
私は人であることをやめたの」
『三日月』
アリシア・
コールフィールド
大英雄『流星』の副官で、死んだ
ものと思われていたが……

CONTENTS

Tutor of the His Imperial Highness princess

公女殿下の家庭教師10
千年の都

七野りく

ファンタジア文庫

3140

口絵・本文イラスト　cura

公女殿下の家庭教師10

千年の都

Tutor of the His Imperial Highness princess

The millennial capital

CHARACTER
登場人物紹介

『公女殿下の家庭教師』
『剣姫の頭脳』

アレン

博覧強記なティナたちの家庭教師。少しずつ、その名声が国内外に広まりつつある。

『アレンの義妹』
『王立学校副生徒会長』

カレン

しっかり者だが、兄の前では甘えたな狼族の少女。ステラ、フェリシアとは親友同士。

『雷狐』

アトラ

八大精霊の一柱。四英海の遺跡でアレンと出会った。普段は幼女か幼狐の姿。

『勇者』

アリス・アルヴァーン

絶対的な力で世界を守護する、優しい少女。

『アレン商会番頭』

フェリシア・フォス

人見知りで病弱ではあるものの、誰よりも心が強い才女。南都の兵站を担う。

『王国最凶にして
最悪の魔法士』

教授

アレン、リディヤ、テトの恩師。飄々とした態度で人を煙に巻く。使い魔は黒猫姿のアンコさん。

『アレンの愛弟子』

テト・ティヘリナ

教授の研究室に所属する大学校生。アレンを敬愛し、慕っている。王国西方辺境出身。

【双天】

リナリア・エーテルハート

約五百年前の大戦乱時代に生きた大英雄にして魔女の末裔。アレンへ、アトラを託す。

CHARACTER

登場人物紹介

王国四大公爵家（北方）ハワード家

『ハワード公爵』
『軍神』

ワルター・ハワード

今は亡き妻と娘達を心から愛している偉丈夫。ロストレイの地で帝国軍を一蹴した。

『ハワード家長女』
『王立学校生徒会長』

ステラ・ハワード

ティナの姉で、次期ハワード公爵。真面目な頑張り屋だが、アレンには甘えたがり。

『ハワード家次女』
『小氷姫』

ティナ・ハワード

『忌み子』と呼ばれ魔法が使えなかった少女。アレンの指導により王立学校首席入学を果たす。

『ティナの専属メイド』
『小風姫』

エリー・ウォーカー

ハワードに仕えるウォーカー家の孫娘。喧嘩しがちなティナ、リィネの仲裁役。

王国四大公爵家（南方）リンスター家

『リンスター公爵夫人』
『血塗れ姫』

リサ・リンスター

リディヤ、リィネの母親。娘達に深い愛情を注いでいる。王国最強の一角。

『リンスター家長女』
『剣姫』

リディヤ・リンスター

アレンの相方。奔放な性格で、剣技も魔法も超一流だが、彼がいないと脆い一面も。

『リンスター家次女』
『小炎姫』

リィネ・リンスター

リディヤの妹。王立学校次席でティナとはライバル。動乱を経て、更なる成長を期す。

『リンスター公爵家
メイド隊第三席』

リリー・リンスター

はいからメイドさん。リンスター副公爵家の御嬢様で、アレンとは相性が良い。

CHARACTER
登場人物紹介

アンナ ………………………………… リンスター公爵家メイド長。魔王戦争従軍者。

ロミー ………………………………… リンスター公爵家副メイド長。南方島嶼諸国出身。

シーダ ………………………………… リンスター公爵家メイド見習い。月神教信徒。

ミナ・ウォーカー ……………… ハワード公爵家副メイド長。

サリー・ウォーカー …………… ハワード公爵家メイド隊第四席。執事のロランは兄。

シェリル・ウェインライト … 王女殿下。アレン、リディヤの王立学校同期生。

レティシア・ルブフェーラ … 『翠風』の異名を持つ伝説の英雄。王国最強の一角。

リチャード・リンスター …… リンスター公爵家長男。近衛騎士団副長。

ギル・オルグレン ……………… オルグレン公爵家四男。アレン、リディヤの後輩。

カーライル・カーニエン …… 侯国連合南部の有力侯。王国との講和を妨害している。

ロア・ロンドイロ ……………… 侯国連合南部の次期侯爵。カーライルとは因縁あり。

聖女？ ……………………………… 聖霊教を影から操る存在。その正体は……。

イーディス ………………………… 聖霊教の使徒となった少女。王国北方ロストレイでステラ、アリスと交戦した。

ローザ・ハワード ……………… ステラ、ティナの母親。故人。旧姓『エーテルハート』。

プロローグ

「では……アレン様がリディヤさん、アトラちゃんと一緒に王都を脱出されたのは間違いないんですね？」

東都産の冷たい紅茶を注いだ硝子製のグラスを手渡すと、目の前の椅子に座っている赤髪の男性――王国南方を統べるリンスター公爵家長子にして、近衛騎士団副長の重職につかれているリチャード様は茶目っ気たっぷりに私へ片目を瞑って見せた。

今日は部下の人達に強制的な休暇を取らされたそうで、涼しそうな作務衣姿だ。

「ああ。ガードナー侯爵邸を炎上させて、南方へ飛び立ったそうだよ――ありがとう。ステラ・ハワード公女殿下に紅茶を淹れてもらうなんて、皆に自慢出来るね」

此処は王国東都、獣人族旧市街。

私や妹のティナ、幼馴染のエリー・ウォーカー、リチャード様の妹のリィネ・リンスターさんの家庭教師であるアレン様の御実家内庭。

頭上に白布が張られている為(ため)、日差しも遮られ、清々(すがすが)しい風が通り抜けて行く。

親友のカレンに借りた薄紫の浴衣(ゆかた)も着心地よい。

家の中からは楽しそうな笑い声。

リリーさんとリンスターのメイドさん達が、大樹へ出かけたティナ達の為に、お菓子を作っているのだ。私は自分のグラスにも紅茶をゆっくり注ぎながら和やかに応じる。

「この数日、エリン様やリンスターのメイドさん達に習っていたんです」

「王都で揉(も)め事を起こした、旧(ふる)い価値観の貴族連中が聞いたら卒倒するだろうね。……うちの従妹(いとこ)殿はメイドをしているし、今更か」

エリン様はアレン様のお母様で、大陸全土でも珍しい狼(おおかみ)族。御父(お)上のナタン様と共に赤子のアレン様を拾い、育て上げられた。御二人共、今は買い物へ出かけられている。

リチャード様の従妹のリリーさんは、リンスター公爵家メイド隊第三席。

その正体は——王国南方の旧エトナ、ザナ侯国を統べる副公爵家の長女だ。

明るい方で、アレン様にも信頼されている。多分、私よりも……。

「アレン様達はやはり南都に？」

『王太子殿下から召喚を受けました。すぐ戻ります。各自、課題をこなしておいてください。追記：ステラは体調が戻るまで無理をしないように！』

私達にメモを残されたアレン様が、『剣姫(けんき)』リディヤ・リンスター公女と、八大精霊の一柱『雷狐(らいこ)』である幼女のアトラちゃんを伴い王都へ出向かれて三日。

当初心配はしていなかった。体調不良を気にかけてくださったのも嬉(うれ)しかったし……。

けれど……王都から齎(もたら)された急報は驚愕(きょうがく)の内容だった。

『アレン様は王太子殿下の要求を拒絶され、王都を脱出。ガードナー侯爵邸、炎上』

発信者は、リンスター公爵家メイド長のアンナさんとハワード家副メイド長であるミナ・ウォーカー。誤報とは考えられない。

リチャード様がグラスを置かれた。

「現段階で南都から連絡はないよ。あっちは未(いま)だ侯国連合と交戦中だ。詳細は今、大樹でハワード、ルブフェーラ両公爵、母上とレティ様、ロッド卿(きょう)へ王都の状況を報告している、うちのメイド隊第五席ケレニッサ・ケイノスから聞かない限りは何とも言えない」

「そう、ですか……」

私はアレン様の残された真新しい課題ノートに指を走らせる。

――光属性の抑制魔法式とあの御方の文字。**『ステラ、少し休憩を』**。

魔法式は現在、私の身に起こっている、魔法を使うと光属性が増大する謎の症状に対処するためのものだ。

……何時、創られたのだろう。

アレン様は聖霊教が蘇らせた魔獣『針海』を討って東都を救い、過労から入院。

退院された後は、後輩であるギル・オルグレン公子を救い、『流星』の称号授与の資格を得る為、伝説の勇士『彗星』レティシア・ルブフェーラ様と戦われた。

なのに、王都へ赴かれるにあたり私だけでなく、ティナ達にも課題のノートを。

御両親には丁寧な手紙も残されていた。

空き時間は殆どなかった筈なのに……でも、嬉しい。

文字に触れているだけで心が弾み、笑みが零れてしまう。私は単純な女だ。

「……シェリル様は御存知で？」

「僕は王太子殿下の人となりを知らない。王女殿下は、数日内に東都へ到着されるそうだから話を聞けるかもしれないね。まぁ……想像は出来る」

鋭い眼光。リチャード様も次期リンスター公爵。

権勢欲を持っている中央貴族の考えることは分かる、と。静かに返す。

「……陛下が王都に帰還された後の、アレン様への更なる叙勲を警戒された」

アレン様は此度の戦功により、『流星』の称号を国王陛下から賜った。

大変な名誉だけれど……爵位を得たわけではない。叛乱に関与しなかった貴族守旧派閥は、実力主義が推し進められる未来を恐れ、先走ってしまったのだろう。

リチャード様が首肯され、戦況を教えてくれる。

「聖霊騎士団と接する東方国境は北方二侯爵が睨みを利かせ、西方ゾルンホーヘェン辺境伯と東方諸家の各部隊も増派される。東方諸部隊を率いるのは……ギル・オルグレンだ」

「！　よく、父とルブフェーラ公が許可を出されましたね」

ギド・オルグレン老公に叛乱の意志はなく、首謀者はグラント、グレック、行方不明のグレゴリーの三公子だったにせよ……各地で激しい戦闘もあり、死者も出た。

部隊再編の話は聞いていたけれど、ギルさんを指揮官にするなんて。……まさか。

赤髪近衛副長様はほんの少し両手を挙げられた。

「アレンの案だ。彼の汚名を雪がせ、大学校卒業後は『近衛に』と内々に打診も受けた。命を受けた時……彼は号泣していたよ。すぐに『こ、これは、研究室の連中が東都へ到着する前に逃げられるから喜んでいるだけっすっ！』と、言い訳もしていたけどね」

私は懐から宝物の蒼翠グリフォンの羽を取り出し、胸へ押し付ける。

アレン様、その優しさをもう少し……もう少しだけ、御自身にも御向けください。

リリーさんとメイドさん達の歓声。お菓子が焼き上がったようだ。

リチャード様が椅子の背にもたれかかる。

「今回、アレンと一緒に戦って痛感した。七面倒な状況分析をするよりも、僕は部下達と剣を振るっている方が性にあっている。……次期公爵としては失格かな？」

「……御気持ちは」

私の才は、リディヤさんや妹のティナ、親友のカレンに遠く及ばない。アレン様を守れるようになる、と決意はしたけど……リチャード様が手を振られた。

「ステラ嬢は大丈夫さ。新しき『流星』殿がついている。リィネは彼に懐いているし、リディヤはああだ。でも……ハワード公女殿下の恋路を邪魔する程、僕は野暮じゃないよ」

「〜〜〜っ」

こ、恋路……頬に手を添えると凄く熱い。傍目にはそう見えているんだろうか？

「…………ありがとう、ございます」

「母上やアンナには内緒で頼むよ。――『流星旅団』の方々はアレンとの『誓約』に夢中みたいだ。即時の西方帰還を望まれている。王都の騒乱には嫌悪感を示されるだろう」

二百年前の魔王戦争において勇名を大陸全土に轟かせた『流星旅団』。

そこに所属した四名の元分隊長――ドワーフ、巨人、竜人、半妖精族の長達に対して、アレン様は『願い』を求められた。

カレンの短剣の鍛え直し。リィネさんの新たな魔剣。エリーへの植物魔法の伝授。

そして——私の体調不良の原因究明。

全て御自身に関するものではなかった。リチャード様が不機嫌そうに足を組まれる。

「……アレンに与えられる報奨の話は聞いているかい？」

「全てリチャード様と獣人族纏(まと)め役のオウギ殿へ渡されると……リサ様から」

「近衛騎士団名義で遺族への補償の足しに、と言われたよ。獣人族の方々には話せない」

「！　……困った御方ですね」

私の魔法使い様は優先順位を決して間違えない。リチャード様が賛嘆される。

「相手の心理的負担を下げて要求を通す。その代わり、自分が骨折りするのは構わず、当の本人達には秘密……ステラ嬢、今度、カレン嬢と一緒にお説教しておくれよ」

「え、えーっと……」

アレン様がされていることは人として正しい。

咎(とが)めたくなってしまうのは私があの御方を、お、お慕いしているからで……。

「わっかりましたぁ～♪　じゃあ、私がお説教しますねぇ～☆」

振り返ると、そこにいたのは長く美しい紅髪(あかがみ)を黒のリボンで結い、花飾りを付けた美少女。矢の紋様が重なっている衣装に、長いスカートと革のブーツが似合っている。

手に持つトレイの上には焼き菓子が載ったお皿。左手首には美しい銀の腕輪。

……アレン様とお揃いと聞いた。明確な嫉妬が胸の中で渦を巻く。

この人の名前はリリー・リンスター。

先の決闘時、アレン様の危機に、リディヤさんと共に躊躇なく飛び込んだメイドさん。

近づいて来ると、リリーさんはトレイをテーブルの上へ置いた。

「うふふ～♪　私はお姉ちゃんなのでぇ。年下の男の子にお説教するのも大事な御仕事なんですぅ～。クッキー、焼きたてですよぉ～☆」

「…………いただきます」

はっきり分かるくらい低い声が出てしまった。

──ダメよ、ステラ。

幾らお揃いの腕輪が心の底から羨ましくて、私よりもお菓子作りも上手で、先の決闘でアレン様に信頼されているのを見せつけられても……冷静でいないと。

悔しいくらいに美味しいお菓子を黙々と食べていると、リチャード様が天を仰がれた。

「……リリー、話をややこしくしないでおくれ。叔父上が嘆かれるよ？　メイドの仕事も辞めさせたがっているし、婿取りもさせたがっている、と聞いたけど？」

年上メイドさんは私の左隣に座り、両手を合わせ返答される。

「心配ご無用ですぅ～。私には魔法の言葉がありますからぁ☆」

「……聞きたくないけど、一応聞いておこうか」

「『私と婚約したいのならアレン様を倒してください！』ですぅ～♪」

「…………………」「はぁ……」

私の心に猛吹雪が吹き荒れ、リチャード様は額に手を当てられた。

抑えていた魔力が漏れてしまい、内庭全体に無数の光華が煌めく。

——リリーさんにそっと両手を包み込まれる。

「ステラ御嬢様、魔力が漏れてます——落ち着いて、制御を」

「あ……ご、ごめんなさい…………」

集中し、アレン様の残された魔法式で制御を試みる。……上手くいかない。

すると、リリーさんが私の魔法式に介入。

少しずつ、少しずつ、光華が収まっていく。アレン様と同じ？

年上メイドさんがにっこり。

「大丈夫ですよ。アレンさんとアトラちゃんが留守の間は私がいますからぁ☆」

「……リリーさん。貴女はどうしてアレン様と同じ魔法式を、っ！」

質問を終える前に突風で天幕が揺れ、頭上から声が降ってきた。

「御姉様～！」

「テ、ティナ御嬢様、あ、危ないですぅぅ」「はぁ……首席様はこれだから」

私達は顔を見合わせ、天幕の外へ。

すると、複数の軍用グリフォンが次々と着陸してきた。

背に乗っていたのは――

「ティナ、エリー！　リィネさん！　カレン！」

朝から分隊長様達に呼ばれていた妹達だった。

ブロンド髪でメイド姿の少女――私にとってはもう一人の妹同然で、ティナの専属メイドでもあるエリー・ウォーカーが浮遊魔法を発動。みんなは背から内庭に降り立つ。

私とよく似た白金の薄蒼髪の妹が、純白のリボンを靡かせ駆け寄ってきた。

前髪には私が御守り代わりに預かっていた髪飾りがつけられ、着ている服は白の軍服。

目の前でティナが何度も跳ねる。

「移動用のグリフォンを調達してきましたっ！　御姉様、行きましょうっ！」

「行くって……」

「――南都へよ」

「カレン？」

灰銀色の髪で獣耳と尻尾を持つ狼族の少女――私の親友であり、アレン様の妹が話に入ってきた。王立学校の制服に、半妖精族の方に貰った花付軍帽を被っている。

「東都にいても情報は断片的よ。学校長にも確認したけれど、王立学校の再開は未定。今なら、兄さん達を追いかけられるわ。亡命はしないでしょうけど……万が一もある」

「『亡命するなら、水都かララノアね』。姉様はよくそう言われていました」

「リィネさん……」

赤髪に軍帽軍服姿の少女——リィネ・リンスターさんが後を引き取った。

「普段の姉様なら冗談です。でも今は……」

「発作が出てそうですねぇ～。『アレンさん独占したい病』のぉ～」

リリーさんがリィネさんの懸念を肯定した。

ど、どうしよう……凄く納得出来てしまう。ティナが状況を教えてくれる。

「先生がチセ様達にされた御依頼も、西方へ帰還をしないと動けないみたいです！」

チセ・グレンビシー様——『花賢』の異名を持ち、魔王戦争時には大英雄『流星』を支えた、伝説的な半妖精族の大魔法士様だ。

「ユースティン帝国との講和も成立した、と、ケレニッサさんに教えてもらいました！」

普段は慎重なエリーまでもが、援護情報を述べてくる。

北と東が収まり、王都が混乱下にある今、南都の方が情報を得やすいのは間違いない。

「で、でも……御父様達の許可を得ないと……」

妹が問髪容れずに反論。

「御父様は『ステラの判断に任せる。今宵までに結論を』って！　ただし──」

「……貴女達だけじゃ駄目よ」「うむ」

『！』「リサ様、レティ様……」

縁側から私達へ声をかけてこられたのは、人族とエルフ族の美女だった。

リサ・リンスター公爵夫人。

レティシア・ルブフェーラ先々代公爵。

大陸全土に武名を轟かせる、生きた伝説だ。

「あらあら～ケレニッサさん、お帰りなさい～」「！　わ、私の名前、覚えて……？」

家の中からはエリン様の声もする。お戻りになられたのだろう。

ティナとエリーが私の両袖を引っ張り、リィネさんとカレンも私に決断を促してくる。

「御姉様！」「ス、ステラ御嬢様！」「ステラさん」「ステラ」

普通に考えれば、王都の情勢が落ち着くまでは東都に留まるべきだ。

私自身の体調の問題もある。まともに魔法が使えないのに追いかけても……でも。

──ステラ。貴女はリディヤさんだけがアレン様と一緒でもいいの？

「…………ダメ」

私はリサ様とレティ様に視線を合わせた。

「皆で南都へ参ります。御許し……願えますか？」

「護衛無しでは駄目ね」「そこの娘を説得せよ」

御二人は視線をリリーさんへ向けられた。

年上メイドさんが大袈裟(おおげさ)に構えられる。左手の腕輪が、キラリと光った。

「むむ～！　負けませんよぉ～。御嬢様方を南都に御連れしたら、私がアレンさんに怒られちゃうのでぇ～！」

予想通りの反応。……ちょっぴり意地悪な気持ちが噴き出てきた。

私は微笑(ほほえ)み、決定的な条件を提示する。

「リリーさん──メイド服、欲しくありませんか？」

「っ！？！！」

リリーさんの紅の前髪が立ち上がり大きく揺れた。激しい動揺──好機。

私はカレンへ目配せ。畳みかけて！

すぐさま親友が追撃を行う。

「南都には今、フェリシアがいます。あの子、針仕事が大の得意で――頼めばメイド服の一着や二着、すぐにでも」

「――リンスター公爵家メイド隊第三席リリー！　メイド服の為なら、御嬢様方の御伴をして、世界の果てまで行きますよぉぉぉ～♪　ひゃっほ～いですぅぅぅ～！！！！」

「きゃっ！　ち、ちょっと、リリー!?」

リリーさんがリィネさんの両手を取り、その場でグルグル回り始める。

赤髪近衛副長様が小首を傾げられた。

「……メイド服の支給は、アンナと副メイド長のロミーの許可が必要だったと思うけど？」

「――リチャード様」

「！　う、うん。僕は何も言っていないよ、ステラ嬢。アレンによろしく伝えておくれ」

リチャード様を一瞥すると、顔を引き攣らせながらも納得してくださった。

私はカレン、ティナ、エリー、解放されたリィネさんと目を合わせ頷き合う。

早速、明日の朝出発で南都へ行く準備を――

「あらあらぁ～。みんな、楽しそうね♪」「カレン、こっちへ」

「「お義母様！」」「エ、エリン様、ナタン様……」「父さん？」

着物と作務衣(さむえ)がお似合いで、灰銀髪の狼族の御夫婦――アレン様とカレンの御両親であるエリン様とナタン様が内庭に出て来られた。

ティナ達がエリン様の胸に飛び込んでいく。

「「「ぎゅ～♪」」」「あらあら～」

エリン様の目は陽(ひ)だまりのように温かい。

その間にカレンはナタン様から複数の小さな布袋(ぬのぶくろ)を渡されていた。御守り？

「アレンを追いかけるのなら持っておいき。くれぐれも気を付けるんだよ？」

「！　これって、守りの魔札――……父さん、ありがとう………」

一人出遅れた私も、リチャード様とリリーさんに目線で促されエリン様の傍(そば)へ。

優しく名前を呼んでくださる。

「ステラちゃん」

「エリ――お、お義母様。あう……」

初めて『お義母様』と呼びかけるも、情けないことに声が裏返った。

――手を握り締められる。

アレン様によく似た柔和な笑み。

「また遊びに来てくれると嬉(うれ)しいわぁ。今度は浴衣(ゆかた)も作っておくわねぇ」

「は、はい！　はいっ‼　必ず‼︎　……ありがとうございます」

「うふふ〜♪　ぎゅ〜」

エリン様に抱き締められながら、私は心の中で呼びかける。

アレン様！　私達は貴方様を追いかけます。お叱りは追いついた後に。

だから、我が儘を許してくださいね？

目指すは南都――リンスター公爵家の中枢！

＊

「カレン、エリー、荷物は少なくね。王都は経由せずに最短で南都へ向かいましょう」

「ええ」「は、はひっ！」

「ティナ御嬢様、リィネ御嬢様、さぁ、籤を引いてくださいねぇ？　グリフォンの数は限られています。どちらかは私と一緒に乗ってもらいますぅ〜★」

「「……くっ！」」

「今晩は御馳走にしないと♪　リサさん、皆さん、手伝ってくださるかしらぁ？」

「任せておきなさい。リチャード、レティの相手を」『はいっ、エリン様！』

南都行きを決めたステラ嬢達は早速旅の準備を始め、エリンさんは夕食の指揮を執っている。うちのメイド達はともかく……母上まで、か。手で返事をしておく。

……アレンは本当に罪作りだ。僕も婚約者のサーシャへ手紙を書かなきゃな。

廊下のナタン殿と目が合ったので会釈。片手で杯の形を作られ、工房へと戻られる。

東都にいる間に、前獺族副族長のダグさんにも声をかけ、酒を酌み交わさないと。

紅茶を飲み干し――テーブル上に地図を広げられたレティ様へ向き直る。

美しい翠髪の美女はエリンさんを眺めながら、呟かれた。

「真、不思議な狼よの。あ奴の使う増幅魔法、数十年前、半妖精族の里を飛び出し、以来行方知れずのチセの妹から教わったそうだ。くっくっ……チセが泣いておったわ」

「奇縁、と言うべきですね――……レティ様、一つ質問してもよろしいですか？」

「うむ？　良いぞ」

「では端的に……王都で一連の指揮を執られているのはどなたなんです？」

――そもそもが奇妙なのだ。

勇猛を以て鳴る陛下が西都に留まられ、気弱なジョン王太子がアレンを召喚。

片や『流星』の称号を。片や何かしらアレンが呑めない要求を。

うちのメイド隊の席次持ちは大半が王都へ集結し、東都に残っていたのはリリーだけ。

ステラ嬢、ティナ嬢、エリー嬢が東都にいるにも拘わらず、恐るべきミナ・ウォーカーに率いられているハワード公爵家メイド隊実戦班も同様。

そして――リリーの南都行きを予め見据えていたかのような、ケレニッサの帰還。

西都の近衛騎士団団長オーウェンと参謀レナウン・ボルから届いた文書には『当分の間、俺達に出番はない』『休んでいてください。というか――休め』とあった。

王都で大規模軍事行動は確認されず、兵站線も生きていて、報じられたのは『アレンが王太子殿下の手を振り払った』という事実のみ。

何より……心からアレンを愛しているナタン殿とエリン殿の落ち着きよう。変だ。

レティ様が優雅な動作で紅茶を飲まれた。瞳は戦場にいる時のように冷たい。

「『絵』を描いているのは教授。そして――王宮魔法士筆頭ゲルハルト・ガードナー。先程、ロッドも王都へ発った。ハワード、ルブフェーラが動くのはもう少し先となろう」

「っ⁉」

教授とガードナーだって⁉　考え得る最凶最悪の組み合わせじゃないか！

レティ様が風魔法で小さなメモを滑らせてきた。

「チセがカレン達を評した。中途だが、これを読めば、石頭な諸部族の長老連中も考えを改めるやもしれぬ。……魔法の衰退を止める契機となろう」

さっと目を通す。……嘘だろう？

あの子達が才能に満ち溢れているといっても、まさかこれ程とは……。

『カレン：比類なき『先祖返り』。団長の短剣と修練あらば、真の雷狼とならん』

『ステラ：『魔力覚醒』の兆候の公算大。そうならば――約百年ぶりの有資格者』

『エリー：『植物魔法』の適性極めて高し。ウォーカーにしてウォーカーに非ず』

意味の分からない単語も含まれているが……剣呑だ。極めて剣呑だ。

レティ様が歌うように続けられる。

「『異才が異才を呼び、大きな大きな渦を成し、この世界をも変えていく』。そう戦場で歌っていたは亡き我が友『三日月』――アリシアであったか……。陛下はギドの赤心に応えられた。中央貴族共の没落は避けられまい。聖霊騎士団への警戒も怠れぬし、王都へ移送されたジェラルド、滝へ落ちたオルグレンの三男、獣人族の裏切り者共は行方不明。ララノア共和国を問い質す必要もある。それでも、まずは」

愉快そうな美女の細い指が動き、南都を越え叩かれた。

――侯国連合の中心都市『水都』。

「南方からぞ。新しき時代の『流星』の手並み、じっくりと拝見しようではないか」

第1章

「はい、長時間お疲れ様でした！　足下、揺れるので注意してくださいね？」

見事な彫刻が施され、赤絨毯が敷かれた古いゴンドラは静かに目的地前に停まった。

漕ぎ手の獺族の少女――スズさんが振り返り、嬉しそうに報告をしてくれる。

黒茶髪の三つ編みで小柄。帽子と服は白基調で大樹とたくさんの花々。

この都市のゴンドラ乗りの人々は、自分で服の紋様を決め楽しんでいるそうだ。

「凄い技術ですね。こんなに狭い水路で、ピタリと停めるなんて」

有名な大運河ならいざ知らず、此処は高級ホテルが列なる裏手の細い細い水路。

手を伸ばせば、両脇の建物の壁に届いてしまいそうだ。神業に近い。

「えへへ……ありがとうございます、アレンさん♪」

十五歳の少女がはにかみ恥ずかしがる。僕も釣られて嬉しくなってしまう。

東都から遠く離れた地で、獺族の少女と知り合うとは思わなかった。

「──こほん」

後方から聞こえよがしに短い紅髪(あかがみ)の御嬢様の咳払(せきばら)い。

言外に込められた意味は『私の前で何をしているわけ？』。怖い怖い。

僕は革製の旅行鞄(かばん)を手に持ち上陸。

大運河入り口の超一等地にあり、目の前にそびえるホテルは橙(だいだい)色のレンガ造り。

重厚な木製扉がその長い歴史を物語っている。

ゴンドラの船尾で水面(みなも)を楽しそうに見つめながら、尻尾を振っている幼女を呼ぶ。白の布帽子とワンピースが可愛(かわい)らしい。

夕刻の柔らかな潮風が通り抜け、紫のリボンと長い白髪が靡(なび)いた。

「アトラ、降りるよー。リディヤ」

「──ええ」

日傘を差しクッションに座っている、アトラとお揃(そろ)いの格好をした短い紅髪の美少女──王立学校入学以来の僕の相方であるリディヤ・リンスターが、すっと立ち上がった。

正しく『公女殿下』そのもの。王国でも指折りの御嬢様に見える。

普段もこれくらいお淑(しと)やかならば……近づいて来たので、右手を伸ばす。

「……ん」

リディヤは短く応じ、僕の手を強く握りしめた。

上陸し、畳んだ日傘を渡してきながら、耳元でポツリ。

「――お淑やかな御嬢様なんて、退屈でしょう？」

「ひ、表情を読むなよ⁉」

「あんたのことなんて、全部お見通しよ」

「ぐぅ……」

そんな僕達を見たスズさんは瞳を輝かせる。

「御二人って本当に仲良し御夫婦なんですね！　憧れちゃいます」

「！　ち、違っ」「――それなりにね。アトラ。来なさい」

誤解を解こうとした僕の言葉は、リディヤが左腕を締めてきたことで遮られる。

幼女が振り返り僕達を見つめ、とことことゴンドラ内を移動してきた。

補助として浮遊魔法を静謐発動させる。

「さぁ、アトラは一人で跳べるかな？」

「とべるー♪」

僕達に向かって幼女が小さく跳躍してきたので、二人で手を取る。

「いい子だね」「いい子ね」

「♪」

アトラが身体と尻尾を大きく震わせ、喜ぶ。可愛い。

僕は幼女をリディヤに託し、スズさんへ向き直った。

代金の入っている小さな布袋を手渡し、御礼を述べる。

「対岸から送ってくれて助かりました。ありがとうございました」

獺族の少女は大きく手を振り恐縮する。代金を確認しようともしない。

「いえいえ！　ここ最近は北の方のごたごたのせいで、外国のお客さんが減っちゃってたので……久しぶりにゴンドラを動かせて嬉しかったです！　観光される時はご贔屓に♪あと、あたしのお爺ちゃん、水都の東の外れにある『猫の小路』っていう、島全体が市場になっている場所で古道具屋をやっているんです。興味あったら是非！」

いい子だなぁ……リディヤを見やる。

すぐ『頼んでもいいわ』と目で返事。こういう時、僕達の間に争いはない。

「面白そうですね。機会があったら行ってみます」

「よろしくお願いします。それと」

ゴンドラの船首近くで、獺族の少女は片手に櫂を持ちながら典雅な挨拶。

「ようこそ、水都──『千年の都』へ。貴方様方に花と水竜の御加護のあらんことを」

＊

「うわぁぁぁ……」

水都屈指の超高級ホテル『水竜の館』の中に入った僕は、思わず感嘆を零した。

開放感ある四階までの吹き抜けロビー。中央には豪奢な階段。

天井の摺り硝子から差し込む夕陽が、時代を感じる石柱とタイルの床を染めている。

大運河側に設けられているカフェでは、宿泊客なのだろう、二人の若い女性が景色を楽しんでいた。一人は東都でも滅多に見ない鳥族のようだ。

……獣人も泊まれる、と。

設置されている調度品も古い木製の品が多く、落ち着く。

リディヤ曰く、かつて水都統領の邸宅だったものを約二百数十年前に改装。

以来、水都でも屈指のホテルの一つとして、諸外国にも名が知られているそうだ。

一般人の僕は、こんな所に宿泊した経験はない。

まぁ、リンスターやハワード公爵家の御屋敷には泊まったことが──僕の左腕を拘束しているリディヤが肘打ちしてきた。

「呆けてないで、フロントへ行くわよ」

「……了解」「♪」

リディヤと手を繋いでいるアトラは御機嫌だ。

途中、カフェの中から女性達の会話が聞こえてきた。「え～こっちの方が良くない？」

「――――」「ん～……でも、此処は外せないよ？」「――――」。耳が隠れるくらいの黒髪の鳥族の女性は無口で、肩までの乳白髪の人族の女性ばかり喋っている。

侯国連合東方の自由都市国家群、もしくは連邦の観光客……なのかな？

戦時だし、スズさんもお客さんは凄く減っているって――再度、リディヤの肘打ち。

何時の間にか、フロントに辿り着いていた。

中にいる、物静かな初老の紳士が話しかけてくる。

「いらっしゃいませ。ようこそ当館へ。御予約の御客様でしょうか？」

若い僕達に対しても丁寧な口調。なるほど……超一流だ。

感心していると、リディヤが返答した。

「予約はしていないわ」

僕達は王都を脱出した後、そのまま水都へやって来た。

どうするのさ？

目線で尋ねるもリディヤは泰然。対して老紳士が困った顔になった。

「……そうでございましたか。申し訳ございません。本日はあいにく満室で」

「はい、これ」

言葉を遮り、リディヤはフロントデスクへ何かを置いた。

——半分に割られている古い金貨。

老紳士の表情が一変した。

「！　これは——……失礼致しました。ただいま、部屋の御用意をさせていただきます。御名前を此方（こちら）にお願い出来ますでしょうか？　申し遅れました。私、当館の支配人を務めております、パオロと申します。お見知りおきください」

対応が変わったのに面食（めんく）らいながらも、差し出された高級紙に目を通す。

——孤児であり、狼（おおかみ）族の養子の僕に姓はない。

けれど『姓無し』だと、泊めてくれないかもしれないし……かといってこの地は仮にも交戦国の中心都市。

『リンスター』とは書けない。

どうすれば——脳裏にある少女の姿が浮かんだ。

万年筆を手に取り、サインする。

『アレン・アルヴァーン』

『勇者』様の姓を借りるのは不敬かもしれないけれど、アリスなら許してくれるだろう。

左隣のリディヤは僕が書いた名前を見て「……ふ～ん」と少し不満そうに呟き、流れるように素早くサイン。

『リディヤ・アルヴァーン』

僕の左腕を解放し、リディヤは背を向けた。両耳が薄っすら赤くなっている。

……僕も意識してしまう。

「！」

アトラが僕の正面に回り、飛び跳ねた。ノートを見たいらしい。

「ああ、ごめんごめん」

幼女を左手で抱きかかえ見せてあげると、サインを眺め、尻尾をぱたぱた。

文字の書き方はまだ教えていないので、僕が代理で署名する。

『アトラ・アルヴァーン』

幼女は僕を仰ぎ見た。

「アトラ？」

「うん、そうだね」

「♪」

身体を入れ替え、上機嫌に歌い始める。

パオロさんはそんな僕達を穏やかな表情で見つめながら、口を開いた。

「ありがとうございました。では、ご案内致します。御荷物の方は」

「ああ、大丈夫です」

僕は右手人差し指を動かし魔法を発動。旅行鞄を浮かせると、老紳士が驚く。

「これはまた……」

「そこまで難しい魔法ではないんですよ？」

浮遊魔法は便利なのだけれど、使う人は少ない。僕の周りでも習慣的に使っているのは、後輩のテト・ティヘリナくらいかもしれない。今頃、東都に着いただろうか。

リディヤが呆（あき）れた口調でジト目を向けてきた。

「……普段使いしているあんたとテトが変なのよ。アトラ、そろそろ降りなさい」

「？　！」

「なっ！　『アレンの抱っこ、大好き♪』ですって⁉」

少女と幼女が仲良くじゃれ合いを始める。まったく、この子達は。

カフェへ視線を向けると先程までいた二人の女性はいなくなっていた。

僕は待ってくれているパオロさんを促す。

「部屋に行きましょうか。途中で、このホテルについてお話を聞かせてください」

*

「はぁ……凄(すご)い……」

最上階の部屋に案内された僕は、再び賛嘆を零した。

豪華でありながら上品な大きなベッドとソファー。

明らかに超高級品の木製テーブルに椅子や、まだまだ貴重な電話。

目の前の窓からは夕陽に染まる大運河と水都の島々。バルコニーも設置されている。

何も言えなくなった僕を見て、パオロさんが満足気に説明してくれる。

「浴室とキッチン、王国製の氷冷庫もございます。洗濯物は備え付けの籠にお願い致します。夕食は御部屋にお運びすることも出来ますが、是非とも一度は当館の屋上テラスをお使いください。此方、鍵でございます」

「ありがとうございます」

花と水竜が意匠されている鍵を受け取ると、パオロさんは深々と頭を下げた。

「何かございましたら、遠慮なく御連絡ください。では、失礼致します」

扉が閉まった直後——うずうずしていたアトラがバルコニーへ向かって駆けだす。

「♪」「おっと」

風魔法で布帽子を取り、墜ちないよう不可視の糸も繋いでおく。

「アトラー。身を乗り出しちゃ駄目だからね？」

獣耳と尻尾を動かしながら幼女は外へ。元気だなぁ。

魔法を解き旅行鞄を降ろすと、リディヤがくっ付いて来た。

「……ん」

「はいはい」

僕は紅髪の少女の布帽子を取り、アトラの分と合わせ帽子掛けにかける。

すると、リディヤも自然な動作で僕の後ろに回り「……はい、は一回！」と言いながら上着を脱がせてきた。止めると不機嫌になるので為されるがまま。

リディヤは上着のポケットから僕の懐中時計を取り出し、テーブルの上へ。

自分の懐中時計も鎖が重ねるようにそっと置いた。

上着をコート掛けにかけ終えると、

「――えへ」

「あ、こら」

旅先ではしゃぐ子供のようにベッドへ飛び込み、足をばたつかせた。

「ふふふ～♪」

「……服に皺がつくよー？」

相方の行動に呆れながら、僕は日傘も立てかけ、窓の外を眺めた。

夜が近づき、少しずつ灯がついてきている水都の建物群。

高さは一定だけれど形や色彩がそれぞれ違っていて、見飽きない。

眼下の大運河には船やゴンドラが海面を滑るように航行し、橋の上では住民達が会話に興じている。その上をたくさんの海鳥が飛び交うのは、一枚の絵画のよう。

アトラもバルコニーに設置された椅子の上に立って、楽しそうに眺めている。

――夜は外でワインを飲もうかな？

「リディヤ」

鞄を開け荷物整理を開始しながら、寝転がっている紅髪の御嬢様へ尋ねた。

「ん～？」

「そろそろ色々と聞きたいんだけど……？」

足のばたつきが止まった。

僕を見つめ、リディヤがベッドを叩く。

「ん」

「えーっと……それは何を要求しているのかな？」

「ん！」

叩く力が強くなった。

……ここで負けちゃ駄目だ。なし崩しになる。

「さ、アトラと一緒に景色を眺めようかなー」

「んー‼」

手だけでなく、身体全体を使って強い主張。子供か！

経験から理解出来る。要求を呑まなければずっとこのままだろう。

「…………はぁ」

僕は額に手をやった。結局、この御嬢様に勝ったことなどないのだ。

旅行鞄を閉じ、ベッドへ近づき腰かける。

「いったい、何――わっ！」

いきなり手を引かれ、マットレスに倒された。

――誰よりも整った顔立ちだけれど、頬を膨らませ不満そうな美少女の顔。

僕の胸に両拳が軽く叩きつけられる。

「…………何で、『アルヴァーン』なのよぉぉ。『リンスター』って書く場面だったでしょぉぉぉ。御主人様よりも、チビ勇者を優先するわけぇぇ…………？」

「あ～……一応、此処って交戦国の中枢だからね？」

現在、僕等の故国であるウェインライト王国は侯国連合と戦争中。

その矢面に立っているのは、リディヤの実家のリンスター公爵家と南方諸家なのだ。

「……う～」

けれど、頭では分かっている筈の我が儘御嬢様は納得せず。

僕の左手を勝手に動かし自分の頭に載せた。次いで、右手も弄り始める。

薬指には四英海の遺跡で出会い、アトラを託された【双天】リナリア・エーテルハートの指輪。赤の宝石が光を放っている。

……力量で上回らないと外せないらしい。

手首には、東都を発つ際にリリーさんが渡してきた銀の腕輪。

こちらは外すと怒られる気がしている。父さんが折角作ってくれた物みたいだし。

リディヤが僕との距離を詰めながら、目を細めた。嫉妬の業火が見え隠れ。

「指輪の次は腕輪。……ねぇ」「斬ったり、燃やすのはダメです」

先に制しておく。この子ならやりかねない。

僕の右腕を動かし、自分の頭を抱きかかえさせながら不平不満を表明。

「……うわきものぉぉ。バカぁ。埋め合わせしないと、怒るんだからねぇぇ……」

「あ～……具体的には？」

紅髪を優しく梳きながら、質問する。傷んでいた髪も治りつつあるようだ。

頬を染めたリディヤが顔を上げ、恥ずかしそうに叫ぶ。

「い、一緒に、お風呂に入ってあげない！」

「……もとから、入るつもりはありません」

「っ！？！！」

断ると少女は『信じられない』という表情になった。

頬を掻きつつ窘め、尋ねる。

「君の紅髪は目立つから、アトラと部屋の浴室を使いなよ。僕はパオロさんに教えてもらった大浴場に入って来る。その前に――……本題の一つを聞いてもいいかな？」

「――いいわよ」

リディヤが講義を行う教師のような口調で告げてくる。

「『どうして、南都ではなく水都まで来たのか』、よね？」

僕は肩を竦め、一応聞いておく。

「正解。……本気で亡命するつもりじゃないよね？」

「したいの？　そうなら、それでも構わないけど？」

「そうやって、すぐに茶化さない」

「バカね」

紅髪の公女殿下は僕に額をぶつけ、目を閉じた。

「――……私が冗談を言っているとでも、『剣姫の頭脳』さん？　あんたなら、もう大きな画は見えているんでしょう？」

テトの手紙によるとシェリルは鉄道が復旧次第、東都へ進むとのことだった。

王都に集結していたリンスターの席次持ちのメイドさん達。

ワルター・ハワード公爵殿下の『休んだらどうか』という言葉。

そして――詰問者であるジョン王太子殿下の瞳に見えた深い知性。あの御方が自分達の要求内容――『アトラの引き渡し』に僕が応じる、と思っていたとは思えない。

リディヤの耳元で答えを述べる。

「……陛下は王都の『掃除』を――日和見派と、ララノア共和国と繋がっている貴族の一掃を考えられているんだね？　同時にその光景を僕達には見せたくない……」

「そ。テトの手紙にもそう書かれていたわ。シェリルは知らないわよ？　バレたら、あの変に真面目な王女殿下は絶対止めるでしょうし。……あんたもね！」

シェリル・ウェインライト王女殿下は僕とリディヤの王立学校同期生。正義感が強く、大変に慈悲深い。

王国の未来を好転させる措置と理解していても……流血は望むまい。

僕はリディヤの言葉に項垂れる。

「まさか、テトが僕よりもリディヤへの情報伝達を優先するなんて……それでも分からないな。水都にわざわざ来る必要はないよね？　南都で良かったんじゃ？」

推察するに――僕の王都召喚は『茶番』だ。

老公ギド・オルグレンの、自らの命と家すらも賭した忠誠心を陛下は無下にされず、国内に巣食う獅子身中の虫の掃除を、この機に断行される覚悟を固められたのだろう。

そして、その恰好の『餌』にされたのが僕だった、と。

リディヤが左頬を細い指で突いてくる。

「南都だと、あんたはどうせ、御祖父様（じい）やフェリシアの手伝いをしちゃうでしょう〜？　しかも……戦後、功績の全部を押し付ける形で！」

「ま、まさかぁ……」

南都で兵站（へいたん）を統括されているリーン・リンスター前公爵殿下の柔和な御顔や、その手伝いをしているらしいフェリシア・フォスの張り切っている顔が脳裏に浮かんだ。

……正直、あり得る。

紅髪の公女殿下が僕の両手を握り締めてきたので、互いに上半身を起こす。

「――アレン」

大人びた表情に少し緊張する。僕の相方は大変な美少女なのだ。

「今回の貴方（あなた）の公的な役回りを教えておくわ――『水都駐留直接交渉窓口』よ」

「！　リディヤ⁉」「……黙ってっ！」

強い口調で制される。爛々（らんらん）とした瞳には燃え盛る炎。

い、いけない！　こ、これは……本気だ。

「愚兄とリィネ、リリーを除き、うちの一族の全員が了承済み。ハワード、ルブフェーラ両公、レティ様――西都にいらっしゃる陛下もね。理解出来ていると思うけど、別に何かをする必要はないのよ？　あんたがするのは」

リディヤが満面の笑みを浮かべ、決定的な言葉を宣告してくる。

「『水都に一定期間留まり侯国内を見聞。接触してきた相手の言い分を南都へ伝える』。ただそれだけ。後は大人達同士の会話で済むわ。ごたごたしていようが、実際の戦況はうちの絶対的優勢なんだもの。連合瓦解を防ぐ為、話の分かる人間は必ず折れてくる。首尾よく事が済んだ後――あんたの名前は国内外に知れ渡り、今度こそ王国の公式文書にも記載されるでしょうね。『南方戦線を収めるに多大な功あり』と。戦時下において、敵国中枢の情勢を明らかにした。これって、凄い功績だと思わない？」

「い、いったい、誰がこんな無茶苦茶な人事案を出したんだよっ⁉　リ、リアム様や、リ、リサ様が考えられる内容じゃ――……ま、まさか！」

僕はあることに思い到り、愕然とする。

王都を脱出する際……僕が敬愛して止まない黒猫姿の使い魔アンコさんも、リンスター公爵家メイド長のアンナさんと一緒にいた。

リディヤが勝利を確信しほくそ笑み、僕の胸に頭をぶつけながら小さく零す。

「『リサさん』、でしょう？　御母様が怒るわよ？　そ、教授の案らしいわ。テトにまんまと騙されたわね？　ユースティン帝国との講和交渉を終えて、王都へ移動済みですって」

「き、教授はともかく、ア、アンコさんとテトが僕を⁉　そ、そんな……じ、じゃあ、西都から陛下と近衛騎士団が一向に動かなかったのは、血河の魔王軍対策じゃなく……」

「あの陛下と剣馬鹿オーウェンが大人しくしている時点でおかしかったのよ。普段なら、とっくの昔にとって返して、自力で王都を奪還しているわ」

……確かにそうだ。

国王陛下は、今でこそ思慮深さで知られるものの、かつては王族でありながら、王国武闘会で優勝されたこともある勇猛果敢な武人。

近衛騎士団団長オーウェン・オルブライトは、剣技だけなら『剣姫』に匹敵する猛者であり、その配下の騎士達もまた歴戦の強者揃い。動かない方がおかしい。

僕は情けない声で、少女に哀願する。

「……リ、リディヤ」

「譲らない。絶対に、絶対に譲らないわ」

容赦ない拒絶。リディヤが僕に強い意志をぶつけてきた。

「いい？　あんたは偉くならないとダメ！　私は四年も……四年間も待ったのよ？　もう、

待てない。待つつもりもない。『流星』の称号を得たのはその第一歩だし、本当に、本当に誇らしい。だから、今度は表舞台でも私の隣に堂々と立てるようになってっ！　……じゃなかったら、本気で亡命するっ‼」

「…………はぁぁ」

深く溜め息を吐く。

外ではアトラの傍に海鳥達が飛来し、お喋り中。……微かに変な魔力も。ふむ？

記憶しつつ僕は左手を伸ばし、リディヤの紅髪に触れた。

「まったく！　困った公女殿下だなぁ……」

「そうよ？　……こんな私、嫌いになる？」

すぐさま、公女殿下は僕の手を両手で持ち、自分の頬に触れさせた。

普段の強気は掻き消え、瞳は不安気に潤んでいる。

目の前にいるのは『剣姫』ではなく——もう少しでまた年上になる一人の女の子だ。

父さんに教わった言葉を思い出す。アレン、女の子には優しくしよう。

……同感です、父さん。でも、恥ずかしくはあるんですよ？

内心の照れを見せないようにしつつ、ベッドから下りる。

「！　あ……え、えと…………ア、アレン…………？」

戸惑うリディヤの左手を取り、甲に唇を落とす。

「～～～～～～っ！！！！」

リディヤの頰が瞬時に赤く染まり、左手を胸に押し付け固まった。

……普通のキスよりも恥ずかしいかもしれない。

きっと、僕の頰もリディヤと同じように染まっているんだろう。

「大樹と両親の名に懸けて誓うよ——リディヤ。僕は君を嫌いになったりしない」

獣人族にとって、『大樹』の名を出す誓約は最も重いものの一つだ。

そして、僕にとっては『両親』の名もそれに勝るとも劣らない。

そのことを、誰よりもリディヤは知っているからこそ——

「…………あぅ」

頰だけでなく首筋まで真っ赤にした公女殿下はベッドにパタリ。

枕で顔を隠し、

「う～う～う～…………」

と呻きながら、ゴロゴロ。僕は照れ隠しに茶化す。

「いや…………そこまで照れなくても、いいんじゃ——」

思いっきり顔に枕が投げつけられた。

瞬時に距離を詰め、荒い息のまま胸をポカポカと殴ってくる。

「痛い、痛い、痛いって」

「う、うるさいっ！　うるさいっ‼　うるさぃぃっ‼︎　ふ、不意打ちをしてくるなぁ！

心臓がもたないでしょう⁉　は、反則……なんだから………ね？」

リディヤの手を取ると、お互いの視線と視線が交差。

可愛い(かわい)と綺麗(きれい)って同居するんだな――僕達の間にアトラが潜り込んできた。

「！　♪」

楽しかったのか、金の瞳を輝かせている。

僕とリディヤは目を瞬(しばた)かせ、

「「……ふふ」」

同時に吹き出してしまう。

言葉にするのは難しいけれど――今の僕は不幸じゃない。

リディヤが僕の左腕に抱き着き、頭を肩に載せてきた。

――想い(おも)は一緒、か。

僕は幼女の獣耳と髪についた海鳥の羽を摘(つま)んだ。

「おかえり、アトラ。楽しい話を聞かせてくれるかな？」

*

侯国連合の中心都市である水都は古い歴史を持つ。

史書によれば、最初この地には何もなかった。

いや——厳密に言えば、猫の額のような無数の小島と干潟のみがあった。

当然、農作物の生産に適した土地ではなく、人の侵入を拒む地だったと言える。

過酷な自然環境が、水都の人々に交易を生業とすることを強いたのだ。

いったい何時頃から、この不毛の地に人々が集まり、都市を形成していったのか？

学説上で結論は出ていないものの……千年以上前から存在していたのは間違いない。

伝承によると獣人族が最も古い定住者で、今の中央島や真水の得られた北島に大樹の枝を打ち込み、最初の居住地としたという。

以来、人々は途方もない時間と労力をかけ、干潟に無数の木材の杭を打ち込み基礎を作り、石材を持ち込んで土台を固め、小島と小島の間に橋をかけ、水路を作り、王国の王宮にも匹敵する議事堂を建て——都市を南北に貫く大運河すらも整備した。

水都とは名もなき人々が世界に示して見せた——至宝の如き人類最古の都なのだ。

「ねぇ、アレン。何、考えているの？」

目の前に座っているリディヤが空になった紅茶のカップを差し出しながら、お澄まし顔で話しかけてきた。白布がかけられているテーブル上からは、既に料理の皿が片付けられ、食後の紅茶と牛乳の氷菓子だけが残っている。

魔力灯(とう)に照らされている『水竜の館』屋上テラスには、カフェでも見た二人の女性。

他の宿泊客は疎(まば)らで、少し寂しい。僕はカップへ紅茶を注ぎながら答えた。

「想像以上に夜景が綺麗でさ……前に読んだ旅行記を思い出していたんだ」

「…………ふ〜ん」

責めるような細目。意味は容易に理解出来る。

『あんたには、もっと見ないといけないものがあるでしょう？』

リディヤはワンピースから着替え、薄手の大人びた紅(あか)ドレス姿。

部屋でたくさん褒めたのだけれど……足りなかったらしい。

「あ〜……君のドレスも綺麗、だよ？」

「疑問形？　教育が必要なようね。さ、こういう時はどうするの？」

「……仕方ないなぁ」

僕は小さなスプーンで氷菓子をすくい、リディヤの口元に差し出した。

紅髪の公女殿下は「よろしーい」と満足気に顔を綻ばせ、スプーンを口にした。

リディヤの隣の席に座って氷菓子と格闘していたアトラが目をパチクリさせ、

「！　♪」

僕を見つめて口を開けた。

氷菓子をすくい、幼女に食べさせながらリディヤを窘める。

「ほら、アトラまで真似しちゃったじゃないか。教育に良くないって」

「――何を言っているかしら？」

リディヤはハンカチでアトラの口元を拭きながら、早口で反論してくる。

「これは、御主人様兼――……お、奥さんの正当な権利の行使だわ」

途中で動揺が声に表れる。

僕は紅茶を一口。柑橘類かと思わせる爽やかな香り。

気持ちが落ち着き、冷静に指摘しておく。

「……恥ずかしいなら、言わなくてもいいんじゃない？」

「う、うるさいっ！　ち、小さいことに――……別に小さくないし、とっても、とっても、
とっても大事なことだけど」

「どっちなのさ」

リディヤは唇を尖らせながらも、アトラが紅茶を飲むのを手助け。

「何よ……あんたにとっては、大事じゃないわけ？」

「質問に質問で返すのは反則だと思うけどなぁ……」

「答えなさい」

大人びた口調とは裏腹に、瞳は少しだけ不安げに潤んでいる。

……まだ、ちょっと精神が弱くなっているんだよな。

僕は少女へ最大限の答えを提示した。

「——今の僕はさ？　アレン・アルヴァーンじゃないか」

「ええ」

「そして、君はリディヤ・アルヴァーン。……これが答えじゃないかな？」

公女殿下は大きな瞳を瞬かせ、意味を理解。顔を真っ赤にした。

「——……回りくどい。バカ。バカバカ。大バカー」

「昔からだと思うよ」

苦笑して、闇に溶け込んだ水都の夜景を眺める。

窓から漏れる無数の小さな灯。中央島に薄っすら見える大きな建物が議事堂だろうか。

著名な大図書館や、北島の『七竜の広場』は見つけられない。朝に見直そう。

遥か遠方には幾本かの光線。大型船の座礁を防ぐ、侯国連合自慢の大灯台群だ。

両頬をリディヤとアトラに指で突かれる。

「こーら。また、変な顔になってるわよ？」「♪」

「……どーせ、僕はそこまでカッコよくないよ」

「あら？　あらあら？　拗ねちゃったのかしら？」

「……くっ！」

「ふふふ♪」「？　！」

ここぞとばかりにリディヤが僕をからかい、アトラはそれを真似する。

——そんな風にのんびり食後を過ごしていると、パオロさんが近づいて来た。

にこやかに話しかけてくる。

「過ごしやすい夜でございますね。お食事はお口に合いましたでしょうか？」

「はい、美味しかったです」「悪くなかったわ」「♪」

夕食に供された料理の数々ならば、美味しい店巡りに魂の四分の三程度は捧げている教授であっても満足するだろう。

僕はパオロさんへ質問する。

当然……多少の嘘を混ぜながら。

「魚介類や野菜は水都産、と思ったんですが、紅茶と氷菓子の材料をお聞きしてもよろしいですか？　こんなご時世ではありますが、自由都市から、折角水都まで旅行に来たので。こう見えて食品を扱う商会に関わっているんです」

「ほぉ、自由都市から……勿論でございます」

「ありがとうございます。少し待ってください。えーっと……」

僕は胸ポケットをまさぐる。忘れないようにメモしておかないと……。

手間取っていると、リディヤが当然のようにペンとメモ紙を取り出し渡してくれた。

「はい」

「ありがとう」

パオロさんへ会釈。

「お願いします」

「では——本日の紅茶は我が連合の構成国の一つ、ホロント侯国の希少品。水都に数多のホテルあれど、ご提供出来るのは当館のみ、と自負しております。氷菓子の砂糖は同じくロンドイロ侯国の最高級品。牛乳はカーニエン侯国の特級品を使用しております」

「ホロント、ロンドイロ、カーニエンというと、南部六侯国ですね？」

「よくご存じで。左様でございます」

侯国連合は北部五侯国と南部六侯国、政治を司る水都で構成されている。

材料は全て南部産……昼間、ゴンドラの上から見た光景に、戦時の影はそこまで見られなかったけれど、裏では軋みが生じてきているのかもしれない。

椅子の上にアトラが立ち上がり、獣耳と尻尾を震わせた。

遠方に見えるマストの上から灯りを放ちつつ、大運河手前の小島に入港しようとしている細い中型帆船——軍艦のようだ。

水都の船乗りと言えば、南方島嶼諸国と並ぶ高い技量で名高い。

……が、沖合ならいざ知らず、浅瀬だらけの水都へ夜間入港するだって？

その意味に思考を巡らせていると、アトラは瞳を輝かせ僕を見た。

「おふね～♪　アレン？」

「——見に行っていいよ。リディヤ」

「♪」「分かったわ」

リディヤはアトラと席を立ち、手を繋いで離れて行く。

——半瞬の目配せ。

僕は考え過ぎなのかもしれない。でも……気になってしまうのだ。

パオロさんがテーブル上を片付けながら褒めてくれる。

「大変お綺麗な奥様と、可愛らしいお子様でございますね」

「ありがとうございます――幾つか頼んでも良いですか？」

「何なりと」

リディヤに見守られながら、アトラは帆船を見てはしゃいでいる。

そんな二人を女性客が眺め、顔を近づけ穏やかに話しているのが見えた。

必要なのはまず情報だ。老支配人へ依頼する。

「では――水都の新聞を部屋まで届けてください。本日分から、僕達が泊まっている間は継続で。主要紙だけで構いません。あと、洗濯物はもう出せますか？」

「新聞をお届けする際に渡してください。当館の洗濯係、凄腕でございます」

母さんとカレンが直してくれた上着は大事にしたい。早速出してみよう。

僕はリディヤがまだ戻って来ないのを確認し、小さく希望を伝える。

「最後に……お勧めのワインを。彼女と水都の夜景を楽しみながら飲みたいんです」

「――お任せください。とっておきをお持ち致します」

老支配人は嬉しそうに請け合ってくれる。気持ちの良い人だなぁ。

アトラがテーブルを潜り僕の膝上に飛び込んできた。

「♪」

「おかえり、アトラ」

「何を話していたの？」

少し遅れてリディヤも戻って来る。

女性客達が席を立ち、館の中へ歩いて行くのが視界を掠めた。

……鳥族の女性の魔力、部屋で覚えた魔力の違和感に似ているような？

席を変え、僕の隣に腰かけた公女殿下へ話しかける。

「洗濯物を頼んでいただけだよ。パオロさん、僕達は明日から水都を観光したいと思っているんですが、お勧めの場所を教えてもらってもよろしいですか？」

「それは――……はい」

ほんの少し言い淀み、パオロさんが誇らしげに胸を張られた。

「私、水都に生まれ、水都に育ち、水都で生きて参りました。後程、紙にまとめましてお届け致します。御希望の場所などはございますでしょうか？」

「そうですねぇ……大図書館には是非行ってみたいですね！」

水都北方にある図書館島。

その大図書館の蔵書量は、二百年前の魔王戦争で焼失してしまった王国のそれに匹敵すると謳われている。

リディヤが釘を刺してきた。

「……長居禁止よ？」

「わ、分かってるよ」

アトラを膝上に座らせ、髪を直しながら目を逸らす。

王立学校の時も、大学校の時も、リディヤを放り出し書庫で読書に熱中した前科持ちとしては、この話題は分が悪い。

「それと『猫の小路』ですね。水都で最も古くかつ混沌としている市場だとか？　ゴンドラ乗りは獺族のスズさんの指名を、出来ればお願いします」

パオロさんが少し驚き、大きく頷いた。

「獺族のゴンドラ乗りは水都内でも最も腕の良い者達です。連絡は当館より――御慧眼、感服致します。加えて、『猫の小路』は人気がございますが……大図書館と即答された御客様を、私この仕事を長く務めて参りましたが、初めての経験かと存じます」

そんなに変かなぁ？

アトラを睨んでいる、紅髪の公女殿下にも聞いてみる。

「リディヤは？」

「え？」

「行きたい場所」

「――……そう、ね」

リディヤは自分でグラスに冷水を注ぎ、一口。

……あれ？　緊張している？

不思議に思っていると、僕と目を合わさず淡々と告げた。

「――『旧聖堂』は一度見てみたいわね」

「？　そういうのに興味あったっけ？？」

水都の旧聖堂は議事堂がある中央島にひっそりと佇んでいる、と聞き及ぶ。

何時建てられたのか、誰が建てたのか、一切不明。

分かっているのは――水都最古の建物である、という事実のみ。

限られた時期にしか公開されないが、旅行記等を読む限り特に見所もない場所だ。

相方は冷水を飲み干してグラスを置き、ギロリ。

「……何よ？　別に変じゃないでしょう？」

「変とは言ってないじゃないか。でも……僕も見たいかな」

「あんたなら、そう言うと思ったのよ。ただ、それだけ！」

「……なるほど」「♪」

アトラの頭を撫でながら、釈然としない気持ちを呑みこむ。

興味深いのは間違いない。

何より——リディヤが行きたいと言っているのだ。

老支配人は恭しく頭を下げた。

「——畏まりました。万事、このパオロ・ソレビノにお任せください」

*

『北部アトラス、ベイゼル侯国軍、両侯都において敵軍と対峙継続』

『一時帰国せしロンドイロ侯、王国との即時講和を強く希求する書簡を議会へ提出』

『カーニエン侯、議会において演説。講和は侯国連合の名誉が損なわれる恐れ』

『ピサーニ統領とニッティ副統領、連日の極秘会談』

大浴場から戻った僕はソファーに座り、頭をタオルで拭きながら、パオロさんが届けてくれた水都の新聞に目を通していた。

着ている物は通気性が良い少し大きめの浴衣。南都で織られた物だ。

こんな物まで用意済み……リディヤめ、最初から水都に来るつもりだったな。

丸テーブル上の硝子瓶(ガラス)から冷水をグラスに注ぎ、新聞を畳む。

侯国連合内の世論は継戦派と和平派に分裂しているようだ。

……ただ、南部のカーニエン侯が継戦派なのは？

南部六侯国は第三次までの南方戦役で、リンスターの恐ろしさを叩(たた)きこまれている。

だからこそ、ロンドイロ侯は講和を望(のぞ)んでいるのだろうけど……。

「う～ん……分からないな」

この情勢では、当面の間、僕やリディヤに接触してくる相手もいなそうだ。

それにしても――『ニッティ』か。

「ふふ……」

王立学校時代――その姓を名乗る、とにかく頑固で愚直な男がいた。

向こうは覚えていないかもしれない。何せ、まともに話したのは卒業式の一度きり。

けれど、僕は彼を覚えている。

僕へ怒りをぶつけてきた時の顔を思い出していると、浴室の扉が開いた。

髪を乾かしてもいない白の寝間着を着たアトラが飛び出して来る。

「アレン♪」

幼女は一直線に僕へ跳躍。用意しておいたタオルで受け止める。

嬉しそうにお腹に頭を押し付けて来る幼女を注意。

「こーら。ちゃんと拭かないと、めっ、だ。さ、そこに座って。僕が乾かし——」

「アトラは私が乾かすわ」

少し遅れて頭をタオルで拭きながらリディヤも出てきた。息を呑む。

——大人っぽい白のネグリジェ。

上着を羽織っているとはいえ、両肩と鎖骨が見えてしまうので目のやり場に困る。

リディヤは椅子を持ち僕の前に置いて座り、ブラシを渡してきた。

「あんたは私の髪を乾かして。アトラ、私の膝に座りなさい」

「…………」「♪」

こういう時に抵抗するのは悪手。僕は無言で従いアトラも尻尾を振りながら移動。

リディヤの髪を柔らかいタオルで拭く。

「——ん」

紅髪の美少女がくすぐったそうに身体を震わせ、声を漏らす。

風魔法に温度操作を組み合わせ、短い紅髪を乾かしていく。

「♪」

「アトラ、頭を動かすのを止めなさい。乾かしにくい、ん」

「……リディヤも動かないでほしいんだけど」

「はぁ!?」

「僕が怒られるの!?」「の～♪」

リディヤがアトラを。僕がリディヤの髪を乾かすこと暫し。

——小さな寝息が聞こえてきた。起こさないよう静かに尋ねる。

「(アトラ、寝ちゃった?)」

「(みたいね。湯舟の中でもはしゃいでいたから……)」

「(そっか。終わったよ)」

「(ありがと)」

リディヤはアトラをベッドへと運び、ブランケットをかけた。

幼女はとてもとても幸せな笑みを浮かべる。

「……ふふふ」

自然と僕達も笑顔になった。

僕は四英海の廃墟の奥で、死してなおアトラを——八大精霊の一柱『雷狐』を守り続けた【双天】リナリア・エーテルハートにこの子を託された。

　でも――こんな小さくあどけない子を守ることに理由なんていらないと思うのだ。

　リディヤと顔を見合わせ、唇に人差し指を当てて、バルコニーへ。

　小さなテーブルの上には、パオロさんが届けてくれた自慢のワインが入れ物の氷水で冷やされ、細めのグラスが二つ。つまみは干し果実や塩漬け肉等々。

「ふ～ん……」

　我が儘御嬢様の前髪が立ち上がり、機嫌良さそうに右へ左へ。

　僕もふざけて演じる。

「お気に召していただけましたでしょうか？　リディヤ御嬢様？」

「それは、これからの、は・な・し」

　月明かりの下、リディヤはクルリと振り返って悪戯っ子の顔になった。

「ねー」

「ん？」

　コルク抜きで、ワインのコルクをゆっくり抜いていく。

　発泡ワインらしく、いきなり抜くと噴き出してしまうそうだ。

　リディヤが近づいて来て、上目遣い。

「……寝間着、どう？」

「……可愛い、可愛い」

胸元が視界に入り不覚にもドギマギ。長い付き合いなのでバレている。

案の定、楽しそうにからかってきた。

「ちゃんと、目を見て、言いなさいよぉ～」

「……その寝間着、着たことあったっけ？」

「新しく用意したわ。嬉しい？　大丈夫よ。言わなくても分かっているから。感謝しなさいよねぇ？　私の寝間着姿を見て許される男なんて、あんただけなんだから。さ、此処からは大人の時間よ。聞きたいことがたくさんあるんでしょう？　答えてあげる。優しい優しい御主人様に感謝しなさい。ま——後から全部利子付きで返してもらうけどね」

「……僕も貸していると思うけどなぁ」

劣勢を感じつつも軽口を叩く。

——ポン。

コルクが抜けた。

グラスにワインを注ぐと白く細かい泡が、心地よい音を立てた。

一つをリディヤへ。もう一つを僕へ。

「それじゃ」「ええ」

「「――乾杯」」

カラン、という綺麗な音がし、グラスが合わさった。

王都でも飲んだことのない、炭酸のワインが喉を通り抜ける。

「凄く……美味しいね、これ」

「そうね――あんたも少しは気が利くようになったじゃない。昔は腹黒王女ばっかり優遇して、私の扱いはぞんざいだったのにっ！」

僕とリディヤ、そしてシェリルは僅か一年だったけれど、人生において最も濃い時間を、王立学校で共に過ごした。

シェリルは第一王女殿下。リディヤは公女殿下。僕は狼族の養子。

交わる筈のない僕等三人の糸は、あの時――確かに絡まりあっていた。

椅子に腰かけ、おつまみを小皿に取り分ける。

「……冤罪だと思うなぁ」

「あら？　勝てると思っているわけ？　私は証拠をたくさん持っているのよ？」

「多分だけど……シェリルも同じ台詞を言うと思う」

「はぁ!?　私と腹黒王女、比べるまでもないでしょう？　あんたの最優先は」

「当然――世界で一番可愛い妹のカレンさ。いや？　今は、ティナ達かな？」

「し・ね★」

リディヤは悪態をつきつつ目の前に座り、紅髪を押さえ足を組んだ。

このワイン。何処で作られているんだろう？　凄く美味しい。

平和になったらフェリシアと相談して商会で——頬っぺたを摘まれる。

「……今、違う女の子のことを考えていたでしょう？　フェリシアかしら？」

「！　そ、そんなこと、ないよ……？」

……何故、バレた。

リディヤが片肘をつきジト目。

「あんたは何時もそう……。でも、今晩はダメ。今、目の前にいるのはだーれ？」

「……リディヤ・リンスター公女殿下」

「ちがうでしょぉ？　はい、もう一度」

「…………………」

やり直しの命令を受け、僕は葛藤する。

部屋にいるのはアトラだけ。誰かに聞かれる心配はない。

……ないけれど。

両手を振り、全力で静音魔法を張り巡らせる。

言葉を待つ紅髪の美少女を見つめ、

「……僕の――お、奥さんの…………リ、リディヤ・アルヴァーン……」

想像以上の羞恥心が襲い掛かり、耐え切れずワインを飲み干す。

リディヤは歓喜の表情を浮かべ、ニヤニヤ。ニヤニヤ。ニヤニヤ。

「ん～？　ほら？　ほらほらぁ～。顔が真っ赤よ？　だ・ん・な・さ・ま？　言っておくけど、これは正当な権利よ？　……あんたが私宛に南都へ届けさせた伝言、忘れてないんだからね？　猛省しなさい！」

「ぐぅぅ……」

確かに僕は叛乱時、リディヤに対して『後を追ったら、嫌いになる』という伝言を、近衛騎士ライアン・ボルへ託した。

思い余る可能性が高い、と危惧した為だったし、この子が傷つくのも分かっていた。

僕の相方、大陸西方に名を轟かす『剣姫』リディヤ・リンスター公女殿下は――もう少しで十八歳になる、普通の女の子なのだから……。

リディヤは頬杖をつき、足をぶらぶら。

「うふふ♪　あ〜気分がいいわ。良い夜――くしゅん」

風が吹き、可愛らしいくしゃみ。

「そういう時の仕草は小さい女の子みたいだよね。もう一枚羽織るかい？」

「うるさぃー。大丈夫よ、ありがと」

――その時、夜風が吹いた。

短くなった前髪を押さえるリディヤに、月光が降り注ぐ。

「あ……」

出会って以来、ずっと傍にいたからこそ――気付けなかったのかもしれない。

大人びたリディヤは、この世界の誰よりも――

「――……綺麗だ」

「…………ふぇ？」

！　しまった‼　本音が漏れたっ‼

リディヤがテーブルに身体を乗り出してくる。

「今、何て？　何て言ったのっ⁉　もう一回、言ってっ‼　アレン！！！！」

「あーあー。リ、リディヤ御嬢様、お、お静かに。アトラが起きちゃうからね」

必死に取り繕う。何度も言うのは、僕の心臓がもたない。

「確かに大事だわ。でも——今の私には、貴方(あなた)の言葉の方が世界で一番大事、くしゅん」

再び可愛いくしゃみ。少し夜風が強くなってきたようだ。月も雲の中に隠れてしまった。

「……やっぱり、上着取ってくるよ」

立ち上がり、部屋の中へ戻る。

すると、リディヤも僕の左袖を指で摘みながらついて来た。

「まったく！　偶(たま)には素直に、私を褒め称(たた)えないと駄目でしょう？」

「結構、褒めていると思うけどなぁ」

「たーりーなーいーのー」

「……普段の凛々(りり)しい君の姿しか知らない人は、面食らってしまうよ？」

「はっ！　そんなの知らないし、私の人生にまるで影響を与えないわよ」

傲岸に言い放ちながらも、口調には甘えが滲(にじ)んでいる。

シェリル曰(いわ)く『アレンはリディヤを甘やかし過ぎ』。……そうかもしれない。

昼間、着ていた上着を手に取ろうとすると、遮られた。

「……それじゃない。こっちがいい」

リディヤはパオロさんが届けてくれた僕の上着を手に取った。

どんな魔法を使ったのか、大浴場に行っている間に、洗濯を終えてくれたのだ。

上着に顔を埋(うず)めた少女が、ぽつり。

「――……あんたの匂いがしないわ。減点」

「カ、カレンもそうだけど、嗅ぐなよっ！」

抗議に一切耳を貸さず、紅髪の美少女は上着を羽織った。

そして、僕へ近寄り、何も言わずに抱き締めてくる。

――静寂。

背中をさすっていると僕と目線を合わせ、笑み。

「――……背、また少し伸びた？」

「……どうだろ？　伸びたかな？」

「伸びたわ……ふふ♪」

心から嬉しそうに、リディヤが僕の髪を弄(いじ)る。

王立学校入学以来、ずっとこの子の方が高かったのだ。少し身体(からだ)を離す。

「……そう言えばさ」

「ん～？」

「父さんと母さんに、あそこまで言わなくても良かったんじゃないかな？」

東都で、リディヤは僕の両親に強い言葉で自分の決意をぶつけていた。

『アレンは私が守ります』『だから、一緒にいさせてほしい』

目を瞑り、胸に頭を当てながらリディヤが零す。

「……ダメ、だった？」

「駄目じゃないけどさ」

「中々お会いする機会もないし、今回、ちょっとだけ失敗したし」

「……ちょっと？」

「ち、茶化すなぁ」

「ごめんごめん。続けて」

頰を膨らませ、唇を尖らせた御嬢様に先を促す。

リディヤが僕をじっと見つめた。

「――私は、私はね？」

「うん」

「私の想いと覚悟を、きちんと言葉にして伝えておきたかったのよ。他でもない御義父様とお義母様――あんたの大切な人に」

強い強い想い。感情に呼応し美しい白い炎羽が舞い始める。

僕は、今まで何度言ったか分からない言葉を繰り返す。

「……リディヤ。君は『剣姫』である前に女の子なんだよ？　守るのは僕だ」

「あんたは、もう私を数えきれないくらい助けてくれたわ。だから――」

距離を詰め、額と額を合わせた告白。

「私だって、あんたを助けたいし、守りたいし、抱き締めたいし、独占していたいし、ずっとずっとこうしていたいし――……」

リディヤが顔を上げた。頬が薄っすら染まっている。

「キス、もしたいし……してほしい…………」

「……うん……」

容赦ない波状攻撃と甘い匂いが鼻孔をくすぐり、僕はたじたじになってしまう。

目を閉じていき――……

「――♪」

ベッドでアトラが寝返りを打った。

その気配で……二人して少し落ち着く。

「──十分以上に、助けられてきたんだけどな？」

「──その後、倍にして返してくるでしょぉぉ？」

「……戻ろうか？」

「……うん」

上着を羽織ったリディヤと手を繋（つな）ぎ、バルコニーへ。

椅子に座ると、押し込まれる。

「つめてー」

「えー」

「えー、じゃないっ！」

一つの席を分け合って座り、肩と肩とがぶつかりあう。

「ふふふ～♪」

リディヤが上機嫌で鼻唄を歌いながら、ワインを飲む。

僕はグラスを傾け──淡々と聞いた。

「真面目な話をしてもいいかな？」

「ええ──気づいたわよね？」

口調が変化し、怜悧さが混じる。

「このホテルには各国の諜報機関に属する人間や、関係者が出入りしているの。パオロに渡した古い金貨はそういう証明なんですって。マーヤがそう言っていたわ。私達の情報も今頃、水都中枢部に届けられている筈よ。万が一――」

マーヤ――王都で僕達を見送ってくれた、栗茶髪のメイドさんか。

リディヤが自分の紅髪を示す。

「私が誰かを誤認するような相手なら、恐れるに足りず。侯国連合内部の諜報能力が想定以上に衰えている証左だし、講和条件の見直しも検討されるでしょうね――より苛烈に。弱っている敵を徹底的に叩くのはうちの家訓だし？」

僕は顔を顰め、干し葡萄を美少女に食べさせる。

大運河内では、夜間だというのにたくさんの小舟が動き回っているようだ。

「……嫌な家訓だなぁ」

「何を今更。むしろ、あんたの考えることの方が相手にとったら嫌なんじゃないの？」

「買い被り」「じゃないわね」

「……反論」「もさせないわ」

僕は瞑目。ワインを飲み、考えを示す。

「水都内部は講和派と抗戦継続派に割れているみたいだ。ピサーニ統領とニッティ副統領が会談しているのも、統一見解の擦り合わせが終わっていないのを示している。世論は言わずもがな。水都の空気は戦時のそれじゃない」

「何処の国も同じようなものね」

「……王国はかなり特殊だと思う。『殿下』呼称も含めてね」

他国は東西南北にあれ程、強大な公爵家を封じたりはしない。しかも、軍事力すらも持たせて。

僕は結論を述べる。

「戦争に絶対はないけれど、君が言う通りリンスターは戦場じゃ負けないだろう。軍主力が王都から転進し、前線に再配置となればアトラス、ベイゼル両侯国どころか、北部五侯国、水都までも手中に収めることすら不可能じゃない。……兵站を統括している南都の本営はしっちゃかめっちゃかになるから、しないだろうけどさ」

王国は現在、東部国境において聖霊騎士団と対峙している。

そして、四英海で僕が交戦した相手の中にはララノア共和国の軍人も含まれていた。

北方のユースティン帝国との講和が成立しても、状況は予断を許さない。

……此処まで考えたのが聖霊教の『聖女』なのだろうか？

干し無花果を食べつつ、話を続ける。

「水都に来るまでの間に、侯国内の様子は上空からある程度見えた。道路はともかく、鉄道網は未整備。幾ら海路を使用出来たとしても、北部五侯国を併合した場合、多大な厄介事となる可能性は非常に高い。また、水都の船の数。侯国連合にはまだ余力がある。大陸西方情勢が流動的な中、リンスターが動けなくなるのは悪手。故に――」

「『早期講和にしかず。領土併合なくても止む無し』」

リディヤが楽しそうに結論を出した。僕は肩を竦め、本音を零す。

「君が窓口になった方が良いと思うよ？　首席のリディヤ・リンスター公女殿下？」

「……やだ」

「やだって」

「私、首席じゃないもの」

「王立学校、大学校と首席卒業じゃない、痛っ！」

リディヤが僕の左腕を甘噛みしてきた。

「……だれかさんがぁ、私に押し付けたせいでしょぉぉぉ」

後日、学校長に聞かされたところ、王立学校の卒業成績は僕が首席でリディヤが次席。シェリルは第三席だった――らしい。

けれど、未だ偏見が強い王都で狼族の養子が首席卒業ともなれば、最悪の場合、獣人族全体への排斥が王都で起こるかもしれなかった為、リディヤになったのだ。

本当は僕は第三席になる予定だったのだけれど、シェリルに押し切られた。

『私は卒業しないで水都へ留学するもの』。あの王女殿下、頑固過ぎる。

「痛いって。噛むなよっ！」

「——……ふんだっ。意地悪。虐めっ子。そういうの流行ってないんだからねっ！　得体の知れない女から指輪貰って、剰え、リリーからもっ！　う～！！！！」

リディヤが指輪と腕輪の話を蒸し返してきた。余程気に食わないらしい。

空いたグラスにワインを注ぎ、腕輪を見せながら説得する。

「……リリーさんの腕輪は保険も兼ねてだと思うよ？　あの人、君のこと大好きだし」

リディヤが分かり易く怯む。何だかんだ、従姉とは仲が良いのだ。

「それはまぁ、そうだけど……年上で髪の長い女の子が相手だからって、甘くない？」

「ご、語弊があるなぁ」

年上で髪の長い女の子が好み——断言したことはないと思う。

頭を肩にぶつけながら、拗ねた声。

「年上の女の子はここにもいるわ……髪だってまた伸ばすし」

「短いのも似合っているよ？」

「でも——『もう少し長い方が僕は好き』なんでしょう？」

王立学校の入学試験場で、僕は当時髪の短かったリディヤをそうからかった。

——その日以来、リディヤは髪を伸ばし始めたのだ。

「はぁぁ……君にはほんと敵わないよ」

「そうよ？　気づくのが四年遅いわね」

紅髪の美少女が立ち上がり、少し進んで振り返る。

祈りにも似た告白。

「——あんたは私が見つけて捕まえたの。腹黒王女でも、泥棒従姉でも、強かな狼聖女でも、生意気な義妹でも、あの小っちゃいのでもなく、この私、リディヤ・リンスターがっ！　誰にも渡さないし、負けない！　…………今回の件で改めて気づいたわ」

僕以外には見せない——……泣き虫なリディヤだ。

俯き、言葉を震わす。

「私ね……自分で思っている以上に、独占欲が凄く強くて、一人だと歩けないくらい弱いみたい。……だから、だからね……？」

顔を上げ、僕を真っすぐ見つめた。瞳には薄っすらと涙。

「もう二度と――……もう二度と、私から離れないで。あんたと一緒なら私は何処にだって行くわ。それが、たとえ、煉獄でも、氷獄でも、この世界の果てだってっ！」

「…………リディヤ」

僕は立ち上がり、身体を震わせている少女の傍へ。

――ここまで言われたら、覚悟を決めないとな。

リディヤの両手を握り締める。

「？　アレン……？」

「此処は敵地だから、ね」

何でもないように告げ――魔力を極浅く繋ぐ。

「……え？」

驚きに目を見開いている少女から目を逸らし、早口。

「水都にいる間は繋いでおくよ。これなら、いきなり襲われても対応出来るし、少しは安心出来ないかな？」

僕とリディヤは魔力を繋ぎ過ぎた弊害で、互いへの回路が構築されつつある。

常時繋ぐのも今なら可能だろう。

ただその分、回路構築が進んでしまい、僕はリディヤの魔力を汲みだし易くなる。

僕が忌避し……リディヤはずっと望み続けていた行為だ。

唖然としていた少女は僕の胸に顔を埋める。温かい涙が浴衣に跡を作っていく。

「……バカ。バカバカ。大バカ――……ありがと……わたしはアレンのなんだからね？」

背中を優しく撫で続ける。

リディヤの目元を指で拭い、提案。

「さ、明日行く場所を決めよう。難しい交渉をしなくて良いのなら、折角の水都なんだ、楽しまないと。旧聖堂に行きたいんだよね？」

すると、リディヤは恥ずかしそうに頭を振った。

「……まだ、いい。行くのは、もっと後でいいの……」

「え？　さっきは」

「い・い・の！　ほら、飲み直すわよ！」

「……了解」

釈然としないものを感じつつ、僕は御嬢様に手を引かれるのだった。

＊

「――では、間違いないんだな、パオロ？」

「はい」

深夜にも拘わらず、ペンを動かすのを止められない青年へ私は答えた。

年齢は今年で二十四。地味な眼鏡をかけやや長い薄青髪。

眼光は鋭いものの、疲労も強く見て取れ、礼服もよれよれだ。

水都中央島。侯国連合有数の名門ニッティ家邸宅の一室。

表の顔であるホテルの老支配人ではなく、私は裏の仕事――ニッティ家直属諜報官として、報告を行う。

「『剣姫』リディヤ・リンスター公女殿下、と思われます。『アルヴァーン』を名乗られるのは欺瞞かと。……開戦後、大使を退避させていたリンスターが人を、しかも公女殿下を送りこんできた。ニケ様、やはり講和を？」

「……そうとも言い切れん」

青年――ニッティ家嫡男、ニケ・ニッティ様が顔を上げられた。

そこにあるのは深い深い憂慮と色濃い疲労。

「『剣姫』を外見で判断するな。奴は正真正銘の怪物だ。その気になれば、単独で水都を火の海にすることなぞ容易い。アヴァシークの一件、知らんわけでもあるまい？　議員の中には現実から目を背けている者も多いがな」

今より一ヶ月半前の開戦劈頭、電撃的な侵攻を受けたアトラス、ベイゼル両侯国軍は、アヴァシーク平原において王国のリンスター公爵軍と交戦し――戦史に残る惨敗。

その際、単独で本営を蹂躙し、一発の魔法で軍全体の士気を崩壊させた悪魔がいた。

……戦場の噂と思っていたが、よもや、それがあの幸せそうな少女、と。

ニケ様が眼鏡を外される。

「同時に、リンスターは愚かじゃない。和戦両面を睨んでいるだろう。……で？　如何な『剣姫』とはいえ、単独行動というわけではあるまい？　誰を伴ってきた？」

「アレン、と名乗る青年と狐族の幼女です。夫と子供ではないようですが、強者かと」

制御困難な浮遊魔法を易々と使いこなす魔法士。侮れまい。

が……目の前の青年の反応は想像を超えていた。

常に冷静沈着。『ニッティの冷たき刃』と評されるニケ様が――愕然とされている。

「…………な、んだと？　アレン？　アレンだとっ⁉」

「い、如何されましたか？」

髪を掻き乱され呻かれる。心労のせいか白髪も開戦後、増えたように思える。

「最悪だっ！　いや、連合にとっては最良なのか？　あの男ならば、講和を……」

「……どういうことでございましょう？」

確かにあの青年は凄腕なのかもしれない。

だが、ニケ様程の御方がここまで取り乱されようとは。

「……俺がウェインライト王国の王立学校に留学していたのは、知っているな？」

「はい」

王国の王立学校は大陸西方最高の名門学府。入学すら困難を極める。

ニケ様が引き出しを開けられ、小瓶を取り出し呷られた。中身は胃薬だろう。

「あそこは字義通りの魔窟だった……『剣姫』に『光姫』。絶対的な才能の差に幾度打ちのめされたかしれん」

ニケ様は今でこそ副統領の激務を務められている御父上の代わりに、ニッティ家の内向きを取り仕切られているが、元々は将来を嘱望される魔法士だった。

それ程の御方が打ちのめされる……？

「──中でも」

小瓶を置かれたニケ様が顔を歪められ、吐き捨てられる。

強い憎悪と──微かな、けれどはっきりとした畏敬。

「飛び切りの化け物だったのが……『剣姫の頭脳』、狼族のアレンだ」

「⁉ まさか……単なる噂の存在なのでは？」

──『剣姫』の隣に『剣姫の頭脳』あり。

そのような噂は幾度も聞いた。

しかし、今まで連合の諜報機関ですら確たる情報を得られてはいなかったのだ。

ニケ様が机の上で手を組まれ、重々しく告げられた。

「……荒れるぞ、此度の戦の決着は。聖霊教と悪巧みをされている、カーニエン侯が望む形になるのかは知らんがな。ロンドイロ侯を中心とする講和派の重鎮も軍を編成しつつある。パオロ──何か動きがあったら」

「直ちに報告致します」

「頼む。ああ、それと……愚弟のことなんだが」

「ニコロ坊ちゃまが何か？」

──ニコロ・ニッティ様。

ニッティ家の次男にして、年が離れたニケ様とは御母上の異なる弟君。

潜在魔力こそ目を見張るものをお持ちなものの、御身体が余り強くなく、屋敷におられることが多い。

外出されるのは専ら大図書館のみだ。

私の兄で、ニッティの家宰を務めているトニ・ソレビノの娘が御世話係を務めている。

「………いや、何でもない。忘れてくれ」

「……はっ」

ニケ様は逡巡された後、黙り込まれた。

──侯国連合にもニッティ家にも多くの問題があるようだ。

その後、ニケ様は私が退室するまで一言も発されなかった。

第2章

『──待てっ！　止まれっ‼　狼族のアレンっ！！！！』


初春。王立学校卒業式を終え巨大な正門を出た矢先、僕は呼び止められた。

周囲には誰もいない。

振り返るとやや長めの薄青髪で、地味な眼鏡をかけ額に汗を滲ませた制服姿の男性が肩で苦しそうに息をしていた。普段の怜悧さは微塵も感じられず、制帽もなし。

『ニケ・ニッティさん……？　どうかしたんですか？』

追いかけてきたのは、入学当時の同期生だった。

僕は紅髪公女殿下、金髪王女殿下と飛び級をしてしまったので話したことは殆どない。

『……ぜ、だ』

『？　すいません。よく聞こえなかったんですが』

聞き返しながら、後方の停車場を気にする。

リンスター公爵家の馬車が停(と)まっている。急がないとリディヤが呼びに来てしまう。

ニケは息を整え、顔を上げて僕を睨みつけた。

『何故(なぜ)だっ！　何故、お前が首席卒業ではないっ！！！！　確かにリンスター公女殿下は天才だ。そこに異論の余地はないっ。だがっ！　だがっ‼　どう考えても……どう考えても、お前が首席卒業の筈(はず)だっ！』

僕は目を瞬(しばた)かせる。

リディヤとシェリル。そして、今は亡(な)きゼルベルト・レニエ以外で、僕を評価してくれる人が学生の中にいようとは。本気で驚き――次いで苦笑。

『過剰評価ですよ。次席卒業ですら、分不相応だと思っています』

『馬鹿なっ。貴様程の男が、王立学校を僅か一年で卒業することが、どれ程の偉業なのか理解していないわけはあるまい？　首席と次席の今後の差もだ！　今からでも遅くはない。学校長に申し出て評価のやり直しを』

『申し訳ないんですが、この後、用事がありまして。手短にお願いします』

『…………っ！』

途中で青年の言葉を遮る。

社会的地位の低い『姓無し』で、しかも狼族の養子である僕が首席卒業になれば一大事。

今の王国においては厄介事を呼び込みかねない。

ニケは僕にも聞こえる程歯ぎしりをし、憤怒の視線を叩きつけてきた。

『いいか？　一度しか言わんからなっ！　狼族のアレン。貴様は俺と一緒に――』

＊

懐かしい――夢を見た。

「……卒業式のことなんて、忘れていたんだけどなぁ」

昨日、新聞で久方ぶりに『ニッティ』という姓を見たからだろう。

ゆっくりと目を開けると、寝癖のついた紅髪が視界に飛び込んできた。

「えへ……アレン…………」

幸せそうに寝言を零し、僕の白シャツを羽織ったリディヤがアトラと一緒に、すやすやと寝ている。昨晩、寝る時は着ていなかったのだけれど。

「何時の間に……」

リディヤやカレン、最近ではステラも僕のシャツを寝間着扱いしているような？

今度、お説教しないと。

ゆっくりベッドから下り、脇机の上にある懐中時計を手に取る。

……定刻通り。折角の旅先なのに。

机の上には、リディヤの懐中時計と真新しい映像宝珠。…………うん？

嫌な予感を覚えながら、宝珠を一先ず回収。

アトラは夢を見ているのか、時折、獣耳と尻尾を動かしている。

王都脱出以来、幼狐に戻っていないのは、リディヤを通じての魔力供給が安定したからなのか、東都でステラの溢れ出ていた光を吸収したからなのか……どっちなんだろう？

二人の寝顔を暫く眺め、洗面台へ向かう。

ここで物音一つ立てようものなら、リディヤは即座に覚醒。

僕をベッドに引きずり込み、二度寝、三度寝。一日中部屋に引き籠ることすらあり得る。

それもまた楽しいのだけれど、観光先を調べてもらっているパオロさんに悪い。

洗面台で顔を洗って、歯を磨き、バルコニーに出て身体を少し動かす。

昨晩の夜景も素晴らしかったけれど、朝靄に沈んでいる水都もまた絶景だった。

早朝だというのに、無数の小舟やゴンドラが大運河と水路を行きかい、海鳥達が上空を飛翔。白と橙のレンガが朝陽を反射し、水面を染めている。

屋根や装飾に工夫が凝らされた街並みも、人々の息吹を感じられて好ましい。

『水都の夜景には千金。早朝には万金の価値あり』

有名な旅行記の一節を思い出し、得心。確かにこれは旅をする価値がある。

映像宝珠をテーブルに置き、朝の訓練を開始。

炎・水・土・風・雷・氷・光・闇――全八属性初級魔法の単独展開を延々と繰り返す。

静謐性は最重視。寝ているお姫様達を起こしてはいけない。

リディヤと魔力を繋ぎっぱなしにしている影響は――特段無し。

極浅くしか繋げていない、というのもあるだろうけど、僕自身が他者と『魔力を繋ぐ』という行為に慣れてきているのかもしれない。

大図書館で僕の能力についても調べてみようかな？

とにかく――緊急時以外はリディヤの魔力はなるべく使わないようにしないと。

心の中でそう決意しつつ、次の訓練に取り掛かる。

水・風・光・闇の魔法式を展開し――『銀氷』顕現の一歩手前まで延々と繰り返す。

未だリナリアの魔杖『銀華』の魔力は完全に回復していないし、僕個人の魔力量では到底、発動には漕ぎつけられない。

でも、王国に帰った時、ティナにコツを教えることは出来る。

右手で『銀氷』の魔法式を展開させながら、左手でこれまた完成には程遠い『剣翼持つ荊棘の大炎蛇』の魔法式を弄る。

簡易版なのだけれど難易度が異常。ここが今の限界だ。

「……辛うじて発動出来る水準まで落として、これって……」

リナリアとの、隔絶した才能の差に弱音が零れる。

性格はどうあれ、大天才だったんだよな……あの魔女様。

右手薬指の指輪が明滅した。『当然！』とでも言いたいのかもしれない。

到底敵うべくもないけれど……リディヤやティナ、カレン、エリー、リィネ、大学校の後輩達。そして成長著しいステラの行く末を見届ける為には、前進し続けるしか路はない。

良し！　もう少し頑張って――

「うん？」

誰かに見られている感覚を覚えた。

僕達の部屋は最上階。人の姿はなく海鳥が飛んでいるだけだ。

気のせい――左袖を引っ張られる。

まだ眠そうなアトラが起きてきていた。長い白髪には寝癖がついている。

「おはよう。起こしちゃったかな？」

首を振り、幼女は笑って両手を伸ばしてきた。抱きかかえ、部屋の中へ戻る。

リディヤは——まだ寝ている。

「……ばかぁ……水都へ行くんだからねぇ………」

うん、遂に来てしまったね。

人差し指を唇へ持って行き、アトラへ「しー、だよ？」「♪」。

幼女を洗面台へ連れて行き、小さな椅子に座らせ、顔を冷水で洗わせる。

「！」

獣耳と尻尾、瞳が大きくなる、目が覚めてきたようだ。

「アトラ、あーん」

「？　！」

素直に口を開けたので、歯を磨く。

最初はくすぐったそうにしていたものの——つつがなく終了。

振り向き目で『もう、終わり？』。まだだよー。

水魔法で少し髪を濡らし、備え付けの櫛で寝癖を直していく。

アトラは足をぶらぶらさせ、本当に嬉しそうだ。

整えた髪に紫色のリボンを結んで完成！　幼女を褒める。

「うん、とっても可愛くなったよ」

「！　♪」

椅子の上に立ち上がり、ぴょん、と僕へ跳躍。しがみつき、頭をこすりつけてくる。

「こ、こら、くすぐったい――……はっ」

背中に殺気！

振り向いてアトラを背中へやり――起きてきた御嬢様へ朝の挨拶。

左手にはブラシ等が入った紅い小鳥の描かれた布袋を持っている。

「お、おはよう、リディヤ」

「おはよう。……ねぇ、知ってる？」

「な、何をかな？」

「物事には順番があるの。……私からが筋でしょう？」

寝起きのお姫様はご機嫌斜めであられる。

ティナやリィネのように、前髪も強い不服を表明。……幼女相手に大人気ない。

僕は呆れつつ椅子に触れた。

「はい、座って」

「……よろしくないけど、よろしいー！」

リディヤが素直に着席し、布袋を渡してきた。ブラシで寝癖を直していく。

アトラも公女殿下の膝上へ。

大人気ないリディヤは幼女へ「いい？　私が一番。アトラは二番なのよ？」「？　！」

「『一番がいい！』ですって⁉」。朝から元気だなぁ。

「リディヤ、今日はどうする？」

「……適当よ。あんたと一緒なら何でもいい。ずっと部屋で過ごす？」

「却下」

「む～！　かわいくない！」

「ほら、子供じゃないんだから足をぶらぶらしない。髪留めもつけようか？」

「──……好きにすれば」

布袋から髪留めを取り出し、前髪の一房へ。僕が王立学校時代に贈った物だ。

高い品じゃないのに、まだ持っていてくれたのが嬉しい。

リディヤは鏡に映る自分を見て、呟いた。

「……ふ～ん。長い髪だけじゃなくて、相変わらずこういうのも好きなのね」

「語弊があると思う。この髪留め、まだ持っていたんだね。……と言うかさ」

「何よ」

「……朝食の時間だね。歯は自分で磨いておくれよ。その後は着替えて、わっ」

抵抗する間もなくリディヤは僕を捕まえ、ベッドへ飛び込んだ。

アトラには浮遊魔法をかけている。純白の下着が胸元から覗き、大変心臓に悪い。

身体能力と魔法の無駄遣いが過ぎるっ！

僕へ馬乗りになって押さえ込みながら、リディヤは甘えた声を出した。

「ねー」

「……も、黙秘権を行使」

「そんなの、とっくの昔に廃止されたわ。さ、何を言いかけたの？」

「…………暗黒裁判反対」

この体勢はよくない。とてもよくない。アトラの教育にもよくない。

……是非もなし。

手を伸ばし、リディヤの頬っぺたに手をつける。即座に手が重ねられた。

少し身体を起こして耳元で囁く。

「君なら、何を付けても似合うな、って、思っただけだよ」

「………………」

リディヤは真っ赤になって硬直。僕に倒れ込んだ。

「……バーカ。えへへ♪」

「！　‼　!!!」

アトラが自力で浮遊魔法を解除し、ベッドの上へ落下。

僕の傍でころん、と横になってくっつき、目を閉じた。まだ眠いらしい。

紅髪を手で梳きながら、尋ねる。

「……映像宝珠が置いてあったんだけど」

「私のよ。中身については黙秘権を行使するわ」

「君だけズルいっ！　それは反則だろっ⁉」

「当然よ。だって、私は御主人様だもの♪」

何時ものやり取りをしつつ――紅髪が雑に切られていることが気にかかった。

「……髪先、早い内に切り揃えようね。あと」

「謝らないで！」

間髪容れず叫ばれる。

「……昨日、言ったわよね？　もう何処にも行かないで。行くなら、私も一緒に連れて行って。私を……二度と一人にしないで。それで許してあげる」

「……一人にさせてくれるのかな？」

「してあげない。私とあんたが一緒なら敵はいないわ。さ、映像宝珠を返しなさい。あれの中には、あんたの可愛い寝顔が入っているんだから♪」

「⁉　先に起きて僕のシャツを強奪し、そのついでに撮ったんだなっ⁉　卑怯(ひきょう)、卑怯！」

「馬鹿ね。知らないの？　勝者が歴史を作るのよ」

朝から二人でくだらないことでじゃれ合う。日常が戻ってきたようで嬉しい。

リディヤも同じ気持ちのようで、楽しそうに笑っている。

何かあっても、この子と一緒なら問題はなし。

難戦続きだったのだ。少しゆっくりしても罰は当たらないだろう。

——今日くらい水都の休暇を楽しもう。

*

「♪」

僕の右隣に座るアトラが、美味(おい)しそうにオムレツを頬張っている。

目線は僕等よりもやや低い程度。わざわざ子供用の椅子を用意してくれたらしい。

朝食の内容も一緒だ。この配慮、素晴らしい。

──『水竜の館』屋上テラスに人は今日も疎らだった。

壮年の男性はすぐ出て行き、その後にやって来たのは、昨日見かけた二人の女性客だけ。給仕役も手持ち無沙汰のようだ。

僕達を自ら案内してくれたパオロさんの話だと、王国と和平交渉が難航していて、各国からの観光客が激減しているのと、侯国連合北部の混乱が大きいらしい。得意客である、北部の大商人達が泊まりに来られないんだそうだ。

『皆様、水都へ来ている場合ではないのです。紛争にかこつけ、小麦等の生活必需品を貯め込んでいたのがバレまして、主だった方々は連日釈明に追われております。中には店を潰された御方も……。関与されていなかった方々も混乱収拾の為、各地に張り付き動けず。お偉い方々は言わずもがなです。いやはや……恐ろしい相手に喧嘩を売ったものです』

リンスター公爵家に喧嘩を売る、か。僕なら遠慮したい。

アトラを挟み、無言で食事中のリディヤだけでもどうにもならないのだ。

リサさんや、アンナさん率いるメイドさん達が加わったら……。

けど──……何だろう、この違和感は。

リンスター家は『武』だけの家じゃない。

ちらちら、と僕を見て、『私をあ・ま・や・か・せ！』と要求している淡い紅服の公女殿下とて、経済戦も出来るだろう。

だけど、パオロさんが言っていた内容――『戦争で儲けようとして店を潰した』。

……妙に引っかかる。

やり方が少しばかり容赦なさ過ぎるような？

南都へ退避している男性が苦手な番頭さんの姿が、ふと脳裏に浮かんだ。

フェリシアが兵站業務を手伝っていて、功績を挙げているのはリィネから聞いた。リーン・リンスター前公爵殿下直属で、サーシャ・サイクス伯爵令嬢と共に、『侯国連合の内部分析及び諸工作』を担当していることも。

――けど『北部五侯国の経済圧殺策』は、幾らなんでも権限が大き過ぎる。

眼鏡をかけ胸が豊かで獣耳をつけメイド服まで着ている少女が、机に向かい猛烈な勢いで仕事をしつつ、僕へ嘯く幻が見える。

『敵方の情報と必要十分な金貨があれば――アレンさんだって出来るくせにっ！　むしろ、私よりも、ず～っと、鮮やかかつ、いじわるに★』

落ち着く為、紅茶を飲み、眼下の古都に目をやると活気に満ち溢れていた。

中には外輪のついた最新鋭の魔導船までいる。

通りには露店が立ち並び、人々が朝食や新鮮な魚介類、果実、野菜を買い求めている。

戦時下とは到底思えない日常の風景だ。

昨日考えた通り――戦局は不利でも侯国連合に依然として余力あり、か。

僕はハンカチを手に取り、幼女の口元を拭う。

「アトラ、汚れてるよ？」

「♪」

「………………」

喜ぶ幼女を挟んで座る、紅髪の我が儘御嬢様が僕へジト目。構ってほしいらしい。

パンを千切り、海鮮の出汁がよくでているスープへ浸し、差し出す。

すぐさま、ぱくり。

「………………」

無言のまままた口を開けた。母鳥の心境。

アトラが小首を傾げ――リディヤの真似をし、大きく口を開ける。

二人の女性客が僕達を見て、微笑んでいるのが分かった。

普段、人前では滅多にしないんだけどな。

「ほら、アトラがまた真似するじゃないか」

「やだ。ん！」

逆に焼いた鶏肉を突き刺したフォークを差し出してきた。

食べつつ、アトラの口にパンを放り込む。

さっきから、ずっとこの繰り返しだ。アトラがいる分、普段よりはいいかな？

リディヤは満足したのか、幼女の世話をしている。

可愛がっているのだ。大人気なく張り合いもするけれど。

——食事も終わりに近づき、パオロさんが台車を押してやって来た。

上には頼んでおいた淹れる前の紅茶。

「お待たせ致しました」

「すいません、御無理を言いまして」

「御客様の御要望を叶えるのは、我々の喜びでございます」

「そう言ってもらえると助かります」

食事を終えた僕は紅茶の準備。

実のところ、リディヤは外で紅茶や珈琲を飲むのが好きではない。

好んで飲むのは、王都の水色屋根のカフェかバザールのお茶屋さんくらいだ。

朝、部屋を出る際、

『……久しぶりにあんたの紅茶が飲みたい』

そう言われてしまえば、淹れないわけにはいかない。

ゆっくり、丁寧に淹れ、最後の一滴まで注ぎ終える。

リディヤの分にはミルクと砂糖を少し。僕の分も同じで、アトラはどちらもたっぷりと。

二人へカップを差し出し、パオロさんへ御礼を言う。

「ありがとうございます。今朝の料理も素晴らしかったです」

「感謝の極み。遅くなりましたが——こちら、御依頼のものです」

美しい紙がテーブルの上に置かれた。

細い水路と路地まで描かれた正確な水都の地図だ。

数百年前に放棄されたと伝え聞く、北方の旧水都地区まで含まれ、所々に達筆な文字。

……外国人に見せてしまって良いのかな？

僕の懸念を他所に、パオロさんは何でもないように続けた。

「ゴンドラ乗りにも連絡をしたところ、『喜んでっ！』ということでございました」

昨日、僕達を運んでくれた獺族の少女は張り切っているようだ。

あの子となら、リディヤとアトラも楽しく過ごせるだろう。

「本当に助かります」

「ゴンドラが到着しましたら、御連絡致します。それまでお寛(くつろ)ぎください」

支配人さんはテーブルを離れていき、女性客達も席を立つのが見えた。

地図を眺めているとアトラが膝上に。興味津々(きょうみしんしん)の様子だ。

腐れ縁は誰もいなくなったのをいいことに、椅子を動かし、僕の椅子へ密着させた。

右肘をつき頬杖(ほおづえ)。前髪に付けた髪留めが煌(きら)めく。

「…………ねぇ」

「十分以上に甘やかしてます」

「たーらーなーいー！」

「紅茶、ダメだった？」

「美味しかったわ……ありがと」

頭を振って、リディヤはにへら。

僕は手を伸ばし前髪に触れる。

「こっちにいる間に、僕が何かお菓子を作るよ」

「……私の好きなの？」

「君が、大好きなのを」

「ふぅ～ん……なら、まぁ許してあげる。で？　今日は何処へ行くの？　あ、このカフェとかいいわね？　『海割り猫亭』ですって。ふふ……変な名前」

リディヤは出会った時と変わらない、好奇心に満ち溢れた表情になって笑った。

「なら休憩するのはそこにして、後の細かいことはスズさん任せにしようか」

「んー」「♪」

美少女と幼女は僕の意見に同意した。

――封筒と便箋を調達しないとな。

メモと課題用ノートは残してきたけれど、今頃ティナ達も心配しているだろう。

報せないと行動力のあるあの子達のこと、南都へ移動しかねない。

そうなったら……水都に直接乗り込んで来る前に、手紙を送ることにしよう。

*

ゴンドラは滑るように狭い水路を進んでいく。

両脇の住宅からは花の香りと、窓から漏れ出る料理の匂い。

日傘の下、リディヤの膝上にいるアトラが匂いを嗅いでいる。

二人共、布帽子に白のワンピースでお揃いだ。

周囲を見渡すと、ベランダにたくさんの鉢植えが置かれていた。

壁と屋根も色彩豊かに塗られていて、心が高揚してくる。

後方で櫂を操っている獺族の少女——スズさんも浮き浮きした様子で話しかけてきた。

「大運河は水都を、まるで蛇みたいにうねった形で南北に貫いていて便利なんですけど、船の航行量も多いんです。だから、あたし達はこういう秘密の水路を使っています！　狭いし、生活の風景も見えるので御客様を連れては来ませんけど……昨日の今日で御指名いただけるとは思わなかったので、特別です♪」

「ありがとうございます」

「御礼を言うのはあたしの方です！『水竜の館』からの御指名って、すっっごいっ、箔がつくんですよ？……あたし、新米なので驚いちゃって。昨日は中々眠れませんでした。今日は誠心誠意、御案内させていただきます」

そう言いながら、スズさんは櫂を見事に操り、狭い角を曲がっていく。

ダグさんが見ても、きっと褒めるだろうな。

東都の老獺を思い出していると、リディヤが口を開いた。

「私達が行きたい場所は覚えているわよね？」

「はい、奥様！　まずは、大図書館ですね！」

パオロさんに指示されたのか、スズさんが朗らかに答えると、リディヤが身体を微かに震わせるのが分かった。

「『奥様』……『奥様』…………ふふふ♪」。猫被りが今にも剝がれ落ちそうだ。

獺族の少女は歌うように説明を続ける。

「大図書館には長い歴史があります。何時建てられたのかは分からないんですけど、中央島の『旧聖堂』に次ぐ、と教わりました。度重なる戦禍で大陸にあった類似の施設は喪われて、今ではあそこにしかない貴重な本がたくさんあるそうです」

「楽しみです」

僕は相好を崩す。水都の大図書館には一度は来てみたかった。

壮麗かつ豪奢と聞き及ぶ館内を巡るのは楽しそうだ。

リディヤが釘を刺してくる。

「……他にも行く場所があるのを忘れるんじゃないわよ？」

「わ、分かってるよ」

本を読み始めると、時間を忘れてしまうのが僕の悪い癖だ。

水路の先が見えてきた。

「大図書館を真っ先に選ばれる御客様は珍しいです。橋もかかっていないので、水都の住民も日頃からあんまり使わないですし……」

「みたいですね」

何しろ――収蔵されているのは、古書、希書、魔法書ばかりと聞く。

興味がない人からすれば、この古都にはもっと行くべき場所はたくさんあるのだ。

リディヤが口を挟む。

「大図書館に行った後は『猫の小路』を巡って、『海割り猫亭』に行きたいわ」

「はい！ ……あ、でも、『海割り猫亭』のある中央島には、民間のゴンドラは着けられないので、橋を徒歩で渡るしか……」

「えーっと……」

僕はパオロさんから受け取った地図を開く。

大運河を中心に、各所に現地名が添えられている。

北から順に『勇士の島』『大図書館』『七竜の広場』『猫の小路』『旧聖堂』『大議事堂』『海割り猫亭』『水竜の館』……他にも多数。見ているだけで楽しい。

リディヤとアトラも背中越しに覗き込んできた。

「大図書館は大運河を抜けた水都最北方、『勇士の島』の手前に。少し南下して、都市本体からは独立した東の小島にあるのが『猫の小路』ですよね？ 『海割り猫亭』へ行くとなると……結構歩きますね。ゴンドラを着けられないのに付き合わせるのは……」

「いえ！　それがあたしの仕事ですから‼」

スズさんは、大きく頭を振った。

自分の仕事に誇りを持っているのは尊敬出来るけれど……。

悩んでいると、リディヤが断を下した。

「いいわ。『猫の小路』までは案内しなさい。そこからは徒歩で行く」

「えっ！　で、でも、奥様……御代も多めにいただいていますし……」

「代わりに、あんたのお爺（じい）さんが店主の古道具屋でオマケしなさい。いいわよね？」

「――と、言うわけです。よろしくお願いします」

僕はリディヤに全面賛同。こういう時の即断に何度助けられただろうか。

振り向き、布帽子を押さえている紅髪（あかがみ）の公女殿下に御礼。

「ありがとう」「――別にいいわよ」

スズさんが両手を合わせた。

「御二人って本当に素敵な御夫婦ですね。いいなぁ……」

「あ～……」「苦労は絶えないわよ？」

僕が答える前に、リディヤはしれっと応じた。

お澄まし顔だけれど、僕には分かる。

この公女殿下、布帽子がなかったら前髪が立ち上がるくらい上機嫌だ！

ゴンドラが狭い水路を抜けた。

「わぁぁ」「へぇ」「！　‼」

眼前に現れたのは、小島に佇む荘厳な石造りの建物だった。

他の地区よりも一段高く土台が作られているのは波対策だろう。

王都西方の丘の大聖堂に似ており、壁の所々には蔦が這っている。

停泊場所のゴンドラは数艘に過ぎない。人気がない、というのは本当なようだ。

突然、潮風が吹いた。

「！」「おっと」

アトラの被っていた布帽子が飛ばされ、舞い上がる。

僕は咄嗟に風魔法を発動しようとし――先を進む古めかしいゴンドラ上にいる黒いドレス姿の女性が手を伸ばし取ってくれた。

麦藁帽子を被っている漕ぎ手も女性のようだ。表情は黒い帽子で分からない。

黒ドレスの女性は僕に向かって大図書館を指し示した。

長い黒銀髪とイヤリングが光を反射している。

僕よりも遥かに目がいいリディヤが「三日月形ね」と呟き、スズさんは「あんなゴンドラ使う女の人、水都にいたかな……？」と小首を傾げている。

「ありがとうございまーす」

大声で御礼を言い、会釈。

女性は『気にしないでいい』という風に手を振ってくれた。

僕はしょげているアトラの頭をぽん。

「大丈夫だよ。向こうで受け取ろう。ちゃんと御礼を言おうね？」

「！」

幼女は大きく頷き、笑顔になった。

——大図書館が近づいて来る。

潮風が吹く中を海鳥も気持ちよさそうに飛び、無数の白と黒の花弁。

僕はスズさんに質問した。

「島内で花も育てられているんですか？」

「あ、いいえ。花は向こうからですね」

獺族の少女は巧みにゴンドラを島へ近づけながら、左手で奥の島を指し示した。

四方を蔦が這う高い煉瓦の壁に覆われ中までは見通せない。

「『勇士の島』……ですか」

「はい」

快活なスズさんの声が真剣味を帯びる。

「二百年前の魔王戦争に出征し、戦死された方々のお墓があります。誰も住んではいけない……鎮魂と祈りの島です」

＊

アトラの帽子を取ってくれた女性は、大図書館の入り口で待っててくれていた。

巨大な扉が強烈な存在感を放ち、建物自体も白壁と淡い橙(だいだい)の柱、格子(こうし)が入っている擦り硝子(ガラス)が美しい。絵本から飛び出してきたかのようだ。

帽子で女性の瞳は見えないが、すらりとした長身で目を引く。僕よりも高い。

漕ぎ手は近くにいない。スズさん同様、ゴンドラに残っているのだろう。

「すいません、助かりました。さ、アトラ」

僕は女性へ声をかけ、背中に隠れている幼女を促した。

「………」

「ちゃんと御礼を言える子が私は好きよ？」

リディヤに諭され恥ずかしそうにしながら、アトラは女性に近づく。

そして、ちょこん、と頭を下げる。

女性の口元に笑みが見え、わざわざしゃがみ込み布帽子を被せてくれた。

「落ちなくて良かった」

柔らかい大人の声だ。長命種なのかもしれない。僕とリディヤも会釈する。

立ち上がった女性のイヤリングが光を放つ。リディヤの言うように三日月形だ。

覗いた瞳は深い銀色。

「珍しい子達を連れているのね、貴方。――……悪い事は言わない。早めに古都から出なさい。今は戦時なのだから、子供を連れてこんな所にいてはいけないわ」

「は、はぁ……」「…………」

突然諭され、面食らう。リディヤは腕組みをして何も言わない。

「忠告はしたわ」

そう言い残し、黒銀髪を靡かせた女性は大図書館の中へ入って行った。

僕はリディヤと顔を見合わせる。

「……何者だと思う？」

「分からないわよ。でも――アトラとこの子が、魔法も使わずバレるとも思わない」

紅髪の公女殿下は右手の白手袋を取った。

――大精霊『炎麟』の紋章。

在野にはまだまだ恐るべき強者がいる、ということかな？

危険が迫っているのなら南都へ戻って――リディヤが僕の背中を押した。

「考えるのは後。害意は感じなかったわ。スズも待たせているんだから！」

「……ふふ。本当に」

「……何よぉ？」

リディヤが胡乱気に僕を見てくる。頼りになる、とは敢えて言わない。

左手を伸ばし、僕は少女の手を取った。

「ほら、行こう。アトラはリディヤと繋ごうね？」

「！　♪」

「あ、ち、ちょっとぉ！　…………もうっ」

幼女は跳びはね、リディヤは不満を漏らしながらも指を絡めてきた。

さぁ――いよいよ、大図書館とご対面だ。

扉を潜り抜けるとそこは夢の世界だった。

「うわぁぁぁぁぁ…………」

外観も美しかったけれど、中は想像以上の美しさ。

三階建てで入り口部分は吹き抜け、各所には見事という他はない金泥細工。

僕のお目当てである古書も、四方の壁に設けられた天井までの本棚に、びっしりと埋まっている。

興奮しその場で跳び上がりたくなっている僕を、リディヤが意地悪く指摘した。

「……今のあんた、子供みたいよ？」

「うっ……し、仕方ないだろ？　来てみたかったんだから」

「はいはい。名前を書くみたいね。私とアトラの分も書いてきて。滞在時間は、そこから開始するから」

「ぐぅ……」

普段、僕がからかっているのを返されてしまった。ふ、不覚……。

入り口近くのカウンター内にいる、初老で人族の男性司書さんに挨拶をする。

「すいません、拝観したいんですが……」

「ようこそお越しくださいました。此方にお名前を。観光客の方ですか？　これは珍しい……住民以外の方への貸出しは出来ませんので、ご了承ください」

ペンを受け取り、青の表紙のノートに名前を書いていく。

先に入って行った女性の名前はない。別の人が受け付けたのかな？

少し不思議に思いつつ、司書さんへペンを返し質問してみる。

「こんな素晴らしい図書館なのに、観光客が滅多に来ないなんて勿体ないですね」

「……そうでもありませんよ」

司書さんは苦笑され、『お耳を！』と手で指示してきた。

「(『貴重かつ危険な物は全て旧聖堂地下に運ばれている』と、この仕事に就く際、父より教わりました。『封印する術は喪われて久しい』とも。目録は存在しますが、本当に貴重な物はこの島内にはないのです。それでも興味深い書籍も大変多いのですが)」

旧聖堂はそんな役割も担っているのか……。

「御教授、感謝します」

「わざわざ来られた外国の方への返礼です。お楽しみください」

二人の元へ戻ると、リディヤが懐中時計を取り出していた。

「延長はしないわよ？　私達は一階を見ているわ」

「わ、分かってるよ」

メモを取り出し、事前に調べてきた図書館内の収蔵品一覧を確認。

一階、二階にあるのは比較的新しい書物。これらは王国でも読める。

僕が調べたいのは……リディヤへ伝える。

「館内でも古い本が集まっている三階へ行ってくるよ。何かあったら――」

「大丈夫よ。……早く帰って来なさい」

「うん。アトラ、リディヤをよろしく」

「！　♪」「……む」

幼女は元気よく右手を挙げてくれる。

紅髪の公女殿下に小さな反撃をし、僕はいそいそと奥の螺旋階段へと向かった。

三階に人の気配は乏しかった。

最も古く、それ故に難解な書物が集められているからだろう。

床等は綺麗に清掃されているものの、埃や保存の為に使われている薬品の臭いがする。

「えーっと……魔王戦争前の魔法書と医学書っと……」

現状、僕には調べないといけないことが山程ある。

中でも喫緊なのは——ティナの中にいる大精霊『氷鶴』、リディヤの中の大精霊『炎麟』の解放法と、ステラの属性異常解決だ。

ステラに関しては竜人族へ伝説の花竜への託宣を願い出たものの……王国内の混乱は収まっていない。西方帰還は時間がかかる、と考えた方がいいだろう。

抑制する試作魔法式は残してきたものの対症療法。早く治してあげないと……。

ずらっと並び、天井まで届く本棚の森を一歩一歩確認しながら進んでいく。

『南方島嶼諸国記』『水都再生』『竜　悪魔　吸血鬼』『万草薬録』『勇者の双剣』

読んでみたい古書ばかり。

読書家のティナなら僕の気持ちを理解してくれると思う。

嗚呼……王国にあった大図書館が、魔王軍の奇襲攻撃で喪わなければ！

慨嘆しつつ、次の列に足を踏み入れる。

「おや？」

本棚の前で背伸びをして、必死に本を取ろうとしている小柄な少年がいた。

年齢はティナ達と同じか、やや幼い位だろうか。

淡い青髪で肌は蒼白く腕や足も細い。表に出ている魔力も微弱。

だが——……よく似た魔力を僕は知っている。

感傷に浸っていると、少年がようやく古書の表紙に手を届かせた。

「う〜ん……う〜ん………もうちょっと、わっ！」

抜き出そうとするも、支えきれず落としそうになったところを後ろから受け止める。

「おっと」

漆黒の表紙に書かれている濃い朱色の題名——『**魔王戦争秘史　上**』。

……凄(すご)い本だな。

数頁(ページ)捲(めく)ってみると中身は旧帝国語。読むのは骨が折れそうだ。

筆者は掠(かす)れて読めないものの、装丁からして極々少部数、私家出版された物か。

棚に下巻はない。蔵書としてないのか、誰かが持っていったのか。

えーっと、序文は——……

『これはコールハート伯爵家に生まれし英雄『三日月』、その真実の物語である。』

『コールハート』⁉

ティナとステラの御母(お)上であるローザ様の旧姓じゃないかっ！

しかも、『三日月』はその名——『アリシア』だけが辛(かろ)うじて後世に伝わり、出自は不明だった筈。

偽書じゃないならば……歴史的大発見だ。

内心驚愕しながら、今すぐにでも読みたい古書を少年に手渡す。

「——……はい、重いから気を付けましょう」

「……え？　あ、は、はいっ！　あ、ありがとうございました」

少年は呆気に取られた後、古書を抱えながら深々と頭を下げてきた。

軽く手を振り、笑いかける。

「難しい本を読もうとしているんですね」

「は、はい。あ、兄や、トゥーナ……え、えっと、僕のお世話をしてくれている子にもよく言われます。でも、読むのが好きなので」

「それは何より。僕の名前はアレン。観光で水都に来たんです。魔法書と医学書を探しているんですけど、位置が分からなくて……知っていたら教えてくれませんか？」

「⁉　そ、その名前……」

少年は宝石のような青の瞳を大きく見開き、硬直した。……はて？

困惑し、応答を待っていると——

「ん？」「！　な、何の音でしょう？　鼠？？」

本棚の上を何かが走り回る音が聞こえた。

確かに古書の天敵は鼠や虫だ。

けれど……僕は右手を振り、水都に来る間に組んだ感知魔法を静謐発動。

引っかかった『鼠』の反応が突如として消えた。

――……なるほど、ね。

幾らリディヤが強くても『リンスター公女殿下』に護衛無し、なんてあり得ない。

ホテルの部屋で微かに覚えた海鳥への違和感も、おそらくは。

「あ、あの……」

「ああ、申し訳ない」

僕は謝り、懐中時計を取り出して時間を確認。

父さんの守り札が埋め込まれた蓋を閉じ、少年に謝る。

「人を待たせていまして。僕は戻ります。えーっと……」

「ニ、ニコロです！」

「ニコロ君。届かない本は誰かに取ってもらいましょう。助けてもらうのは、恥ずかしいことじゃありません。機会があったら、その本の感想を是非教えてくださいね」

「は、はい……」

僕は恥ずかしそうな少年の肩を数回叩き、三階を後にした。

……読みたかったなぁ。水都にいる間に、もう一度くらいは来られるだろうか？

『三日月』とコールハート伯爵家の関係性——また、調べることが増えたや。


「あら？　早かったわね」「♪」

一階に下りると、リディヤはアトラと椅子に座り、表紙に金細工の施された豪華な絵本を読んでいた。

青の竜と羽が樹々で出来ている竜が地上に降り立ち、人々に何かを授けている。

水都の伝説を描いているようだ。

「ただいま。収穫は——あると言えばあったし、ないと言えばなかったよ」

「何よそれ」「アレン、りゅー」

リディヤが不思議そうな顔をし、アトラが絵本を指差す。

僕は穏やかな気持ちになり、幼女の頭を撫で回した。

「いいーにおいー♪」

「匂い？」

上着を嗅いでみるものの、特段変化はないような？

紅髪の公女殿下に指摘される。

「機嫌いいじゃない」

「そうかな？　――……そうかもしれない」

「――……変な顔」

リディヤは机に両手で頬杖をついた。

――これもまた奇縁、というべきなんだろうな。

薄青髪と似通った魔力。専属のお世話係がつく高い身分。

そして……『兄』。

悪い気分じゃない。数年越しに多少なりとも恩義を返せたのだ。

僕は二人へ手を伸ばした。

「さ、スズさんが待っているよ。行こう、『猫の小路』へ」

＊

水都は王国の東都と同じく、無数の水路が蜘蛛の巣のように張り巡らされている。

『猫の小路』はそんな東都、中でも獣人族旧市街を強く思い出させる場所だった。

大きなお店はなく小規模なお店だらけで、大半が木造。

水路上のゴンドラや小舟の上でも売り買いが行われていて、活気に満ち溢れている。

多くの獣人や水都の住民。黒髪でやや浅黒い肌を持つ東方島嶼諸国人。王都ではあまり見かけない連邦人や、自由都市の商人。

様々な南方産の果物や野菜、香辛料。見知らぬ魚介類。

宝石や魔石の原石。手織り布。得体の知れない干した薬草。

ここにティナを連れてきたら、回りきるのに何日かかることやら……。

フェリシアだったら、早速交渉を始めて販路を押さえてそうだ。

くすくす笑っていると、店先で綺麗な布を吟味中のリディヤが振り返った。

「な～に、笑ってんのよ」

「ん～？　何でもないよ。その布、買うのかい？」

「……怪しい。私じゃなくて、この子用に、ね？」

「♪」

アトラが、僕へ薄紫色の布を広げて見せた。

瞳はキラキラ。気に入ったらしい。

「お待たせしました♪　お爺ちゃん、こちらが、アレンさんとリディヤさん。そして、アトラちゃんです！」

店の中から、スズさんが白髪の獺族の男性を連れて出てきた。ダグさんによく似ている。

水都には、大陸内だと東都に次いで大きな獣人族の共同体が存在し、獺族はその多くが水運業や交易に関わっている。

東都の獺族がゴンドラを使うのは水都にいた一族が移民したからなのだ。

都市の根幹を築きあげたのも獣人という伝説も、あながち嘘ではないのかも？

老店主はアトラが被っている布を見ると、煙管を咥えニヤリと笑った。

「水都獺族を纏めている、ジグだ。御客人、目利きだねぇ。そいつは南方島嶼諸国産の手織り品だ。スズが連れてきた客だ、少しまけてやるよ」

「ありがとうございます。僕も外見はこうですが、狼族なんですよ」

「兄ちゃんがかい？　どっからどう見ても人族にしか……ちょいと待ちな。狼族？　名は『アレン』って言ったか？」

「？　ええ、そうですが、何か？」「お爺ちゃん？」

店主は額を押さえ考えこんだ。

「……スズ。四年前に、東都へ行った時のことを覚えてるか？　ほら、口がわりぃ、ダグの野郎がべた褒めしてた」

「ダグさん？　――……王国の凄い学校へ行った、っていう？」

おや？　話の流れが？？

離れていても一族同士の繋がりは途切れていない、というのは、ダグさん達に聞かされていたけれども……まさか、ねぇ？

僕が現実逃避しようとすると「っ！」リディヤに左腕を拘束された。

アトラも尻尾を機嫌よさそうに振りながら、僕を見上げている。

「そう！　そいつだっ‼　名前、憶えてるか？？」

「名前？　ん～……四年前だしなぁ。えっと……」

「アレン♪」

「そいつだっ！」「……あれ？　じ、じゃあ……もしかして？？」

「……アトラ」

ジグさんとスズさんが声を合わせ、あっさりとばらした幼女はニコニコ。

老獺が僕を見た。

「で、一応――確認だ。あんたが、『あの』アレンか？？」

「あ～……」「そうよ」

今度はリディヤが肯定。見やると、ニヤニヤ。ぐぅ。

店主は呵々大笑（かかたいしょう）。獣人族の店から、人が出てきてこちらを窺（うかが）っている。

「そーか！　そーかっ‼　そうかっ!!!　待ってろや。嫁さん用にとっておきの宝飾品とかを見せてやる。何もしなかったら、ダグ達に殺されちまうからなっ！」

「よ、嫁じゃ」「お願いするわ」

「おーよっ！」

止める間もなく店主は店内へ。こ、この行動力……間違いなくダグさんの親戚だ。

スズさんが再度、僕へ頭を深々と下げた。

「す、すいません。でも、興奮しているんだと思います。王国から来られたんですね……？」

「少々事情がありまして……ダグさん、デグさんとは？」

「血は薄いんですけどね。未（いま）だにやり取りはあるんです。実際に会うことは中々出来ませんけど。本当なら、今年はあたし達が東都へ行く予定だったんです」

僕はリディヤへ目配せ。知らないふりをして聞いてみる。

「そんなに、リンスターとの紛争は長引いてるんですか？」

「あんまり詳しい話は伝わってこないんですけど……えっと」

スズさんに耳を寄せると声を潜め、教えてくれた。

「……噂話（うわさばなし）なんですけど、リンスターは戦場で強いだけじゃなくて、眼鏡をかけてる

『悪魔』みたいな人がいて、経済戦を仕掛けてきているそうです。この短期間で北の方では、大店が幾つも潰されていて大混乱を……どうかされました？？」

「……あ、いえ、なんでも、ないですよ……」

嗚呼……空が青いなぁ。

リーン・リンスター前公爵殿下は、第三次南方戦役で二侯国を併合しつつ、経済に混乱を惹起させるどころか——公爵家の力を増進させた内政の達人。

フェリシアの能力に気づいて、楽しくなってしまわれたのだろう。

リディヤは素知らぬ顔で布の吟味を再開した。……知ってたなっ！

水路の上を海鳥が掠め、上昇。大きく旋回し飛び去っていく。

……生きている鳥に比べ速過ぎる。

熟練の魔法士が使役する魔法生物、か。

つまり——僕は心中で結論を出しつつ、スズさんに向き直った。

「ダグさんは、僕にとってお爺ちゃん同然の人なんです。此処で会ったのも、何かの御縁。明日以降も水都を観光する際はよろしくお願いします」

この後、ジグさんは店の奥からたくさんの宝飾品を持ってきてくれた。

その中から、僕がリディヤに選んだ物は——。

＊

「申し訳ございません。ただいま満席でして……相席でよろしいでしょうか」

大議事堂近くの高台にある古いカフェ『海割り猫亭』は混んでいた。

服装を見る限り客は水都の住民が大半のようだ。

先程からずっとニヤニヤし続けながら、ジグさんの店で買ったネックレスを眺めている少女と、美しい紋様が刺繍(ししゅう)された薄紫の頭巾を被りご機嫌な幼女へ尋ねる。

「リディヤ、アトラ、相席で大丈夫？」

「私は気にしないわ……えへへ」「♪」

半ば上の空な二人も了承。僕は男性店員さんへ返した。

「相席で大丈夫です」

「ありがとうございます。こちらへ」

先導されて、店内の奥へ。

内装は木が基調。どれもこれも年代物。調度品も一つとして安物はない。

珈琲(コーヒー)が美味(おい)しいお店らしいので、楽しみだ。

「こちらの席でお願い致します」

案内されたのは窓際の席だった。柱に隠れ他の席からは離れた位置にある。

ただ、大きな窓から見える眺めは抜群。

帽子を被り、新聞を読んでいる眼鏡をかけた御老人へ挨拶。椅子には古い杖が立てかけられている。

「失礼します」

「――ああ、構わんよ」

老人は新聞を畳み、僕達へ鷹揚に頷いた。

帽子の脇から覗く白髪は、薄い水色を帯びている。

厳しさを内包した瞳には思慮が見て取れた。

僕は椅子を引き、ネックレスを大事そうに仕舞ったリディヤを座らせ、その隣に座る。

アトラは座らず、老人を見つめている。

テーブルに置かれている飴玉が気になるらしい。

老人はにっこり笑い、幾つかをアトラへ手渡した。

「！　♪」

尻尾を大きく振り、アトラはスカートの両裾を摘んで頭を下げた。

「どういたしまして、可愛らしいお嬢ちゃん」

幼女は嬉しそうに笑い、僕の膝上によじ登り獣耳と尻尾を揺らした。

そんな横で、リディヤは表情を作ろうとして、

「――えへ」

緩んだ顔になっている。誕生日にまとめて渡せば良かったかな？

――珈琲を注文し終えると、老人が話しかけてきた。

「君達は見たところ、観光に来たのかな？　この時世に酔狂なことだ。ああ、私の名前はピルロという。水都に生まれて、今年で……幾つになったか。はは、五十以降の歳は数えないようにしている」

「アレンです。こっちはリディヤ。この子はアトラと言います」

未だ「うふふ～♪」と上の空な我が儘御嬢様と、飴玉に夢中な幼女を紹介する。

「その歳で、こんな美しい奥さんと可愛らしい子がいるとは……前世でどのような功徳を積んだのか、と、少々問い詰めたくなるな」

「あは、あはは……」

否定しても話がおかしくなるので笑って誤魔化し、窓の外を眺める。

武装兵を乗せた小型軍船が大運河を北上していくのが見えた。

掲げられた旗は——『黒薔薇と細剣』。南部カーニエン侯国の紋章。

ピルロさんが続ける。

「水都はどうかね？　水都育ちとしては、外から来た君達の意見を聞きたいところだ」

「端的に言えば——……人も捨てたもんじゃないな、と」

「ふむ……悪くない答えだ」

老人は嬉しそうに顔を綻ばせた。アトラの頭を撫でつつ素直な感想を述べる。

「他国より格段に、獣人に対する差別意識が薄いですね。昨日今日と、この子は誰からも嫌な扱いをされませんでした。歴史的背景がきちんと伝承されているからでしょう。言うのは簡単ですが、継続するのは難しい——この地を治める偉い人々は大変優秀なんだと思います。僕にとって、それは心から賞賛出来ることです」

「なるほど」

老人が目を細めアトラを見た。そこにあるのは慈愛のみ。

「お待たせ致しました」

男性従業員が珈琲を運んで来てくれた。

パオロさんのメモによれば『水都至高の一杯』とのこと。楽しみだ。

アトラは氷が浮かんでいる果実水のグラスに顔を近づけたり、遠ざけたりしている。

　隣のリディヤは――

「……ん」

「あーはいはい」

　僕は数口飲む。芳醇で深い香り……素晴らしい。

　腐れ縁のカップへほんの少しミルクを足す。

　すると、さも当然であるかのように、リディヤは僕が調整した珈琲を飲んだ。

　老人が少し驚いた表情をしているので、弁明。

「すいません。外で飲む珈琲や紅茶が少し苦手な子で」

「なるほど、な――この豆の産地が何処か、見当がつくかね？」

　王都の水色屋根のカフェで、以前飲んだ味に似ていたから……。

「南方島嶼諸国でしょうか？」

「正解だ。……このままいけば、もう飲めなくなるかもしれんが」

「と、言いますと？」

　老人の声が暗くなる。

「……君とて聞いてはいよう？　現在、我が連合はウェインライト王国のリンスター公爵家と諍いを起こしている。全面戦争にこそなっていないが……リンスターの『力』は、まとまりを欠いている各侯国が太刀打ち出来るものではない。私のような老人はそのことを知っている。この目で恐るべき魔女が操る、炎の極致魔法『火焔鳥』もかつて見た。南方島嶼の連中も同様だ。彼等はリンスターとも長く交易をしている」

「僕は部外者なので……講和なさればよろしいのでは？　偉い方々なら、とっくの昔に考えていると思いますが。何より儲からないでしょう？」

侯国連合は交易国家だ。

リンスターとやり合い続ければ、陸路であれ、海路であれ、安全ではない。

交易国家は平和が担保されなければ繁栄を享受出来ない。戦争に利はないのだ。

老人は大きく頭を振った。

「講和条件が決まらない――……あ～、ようだぞ？　新聞によるとな」

「はぁ……」

精々喧嘩を吹っかけてきた侯国からの謝罪と主要港幾つかだと思ったのだけれど……。

ピルロさんの背筋が伸びた。

「アレン君、と言ったか。君ならばどうするかね？　相手は強大。しかも、交渉が失敗すれば――水都までも焼かれかねない。そのような相手にどう交渉すればいい？」

「…………」

沈黙し、リディヤを見やる。『……答えていいのかな?』

紅髪の公女殿下は肩を竦めた。『……好きにしなさいよ』

僕は珈琲を飲み、老人に答えた。

「では、私見ですが――水都統領と副統領が即座に行動なさるべき、かと」

「……具体的には?」

「そこまでは。ですが、国内の世論が乱れている状態で講和条件を詰め切ること自体が、侯国連合の在り方として困難を極めるのでは? ならば――リンスターと交渉する意思と、これ以上の交戦を望んでいない点だけでも早急に示した方がいいと思います」

侯国連合は――北部五侯、南部六侯、そして水都の統領と副統領、議員達、という権力構造になっている。

統一見解を出し難い政体なのだ。

『十三人委員会』という国家の最終意志決定機関が設置されていても……戦時ではそれすら遅い。老人の顔が強張った。

「戦場で、リンスターに勝てる可能性があるのは、僕の知る限り大陸全土を見渡しても三軍しか存在しません。『軍神』ハワードか、対魔族戦想定のルブフェーラ。そして魔王直轄軍のみです。このまま戦いが長引けば、北部五侯国のみならず」

僕はスプーンを止める。

「御懸念通り、南方島嶼諸国も侯国連合を見限る可能性があります。東方の自由都市や連邦も領土侵食の好機と考えるかもしれません。そうなれば——大陸南方を巻き込む大戦となります。それは、商いを行う上で最悪ではないでしょうか？」

「まさか、そのような……」

「先のことは分かりません。王国で内乱が起こる、と誰が想定されていましたか？」

「……なるほど、な。やはり、君は噂通りの——」

老人が全てを言い終える前に、鋭い叱責が耳朶を打った。

「ピルロ様！　此処におられたのですねっ！　至急お戻りをっ‼」

焦り、顔を引き攣らせた妙齢の女性が姿を見せた。青い礼服を着ている。

その後方には幾人かの護衛らしき人々。皆、かなりの手練れだ。

老人は深く帽子を被り直し、杖を手にした。

「見つかってしまったようだ……大変興味深い話だった。感謝する。講和条件の具体案、君の意見がまとまったならば、このカフェに何時でもいい、来てくれたまえ。是非聞きたい。では——失礼する」

伝票を自然な動作で取り、老人は立ち上がった。奢ってくれるらしい。

……助言代としては妥当かな？

紅髪の公女殿下は早くも鞄から銀のネックレスを取り出し、表情を緩めている。

――意匠されているのは『流星』と『大樹』。

ジグさんの説明によれば、魔王戦争時代に記念品として作られた逸品らしい。

「リディヤ」

「ん～？」

「さっきのって、さ」

「ピルロ・ピサーニ。水都の統領でしょうね」

「……偶然じゃないよね？」

「そうね～」

駄目だ。心ここにあらず。

頬杖をつき、静音魔法を発動。もう一つのことを尋ねる。

「あと――隠れている人達を紹介してくれないかな？」

リディヤの動きが止まった。アトラも真似っ子。

ネックレスをテーブルへ置き、僕を見る。

「……何時から気付いていたの？」

「疑ったのは今朝、魔法の訓練していた時かな。確信したのは大図書館だよ」

水都には海鳥がたくさん生息している。

でも——

「大図書館に鼠はいない。しかも、途中で消えた。『その先に何かがいる』と分かっていれば、逆探するのは難しくないさ。人混みの中、気配を消し過ぎているのって、案外と目立つよね。映像宝珠も持っているならもっと早く使うだろう？」

「はぁ……ですって。抜かったわね」

リディヤは呆れた顔になり、声をかけた。

椅子を引く音がし、二人の若い女性が柱の陰から姿を現した。

鍔の広い帽子を被り、色違いのワンピースを着ている。

——『水竜の館』にずっといた、あの女性達だ。

紅髪の公女殿下はアトラの世話をしながら、命じた。

「挨拶なさい」

「はい……」「はーい」

女性達がそれぞれの帽子を取った。

一人は耳が隠れる位の黒髪。一部に灰鳥羽のような髪が交じっている鳥族の美女。

無表情だが、瞳には強い緊張が見て取れた。

もう一人は肩までの長い乳白髪で『バレちゃったかー』という顔をし、状況を楽しんでいるように見える。

鳥族の女性が深々と頭を下げた。

「リンスター公爵家メイド隊第六席を拝命しております、サキと申します。姓はございません。……隠れての護衛、申し訳ございませんでした」

「同じく～！　リンスター公爵家メイド隊第六席のシンディでーす。私も『姓無し』です。孤児院出身なので☆」

シンディさんは、サキさんと正反対な性格のようだ。

リディヤが後を引き取る。

「第六席は特例で二人一組なのよ。水都に常駐しているわ」

「任務は情報収集と君の護衛かな？」

「違うわ。『私達』の護衛。当然——いるのはこの子達だけじゃない」

二人のメイドさんを見やると、大きく頷いた。

……………どうしよう。

リンスター公爵家は、本気で僕を『交渉窓口』として認識しているみたいだ。

そして……侯国連合側も。

「♪」

僕が悩んでいると、アトラは椅子から下り、サキさんの傍へ。

小さな両手を伸ばし、

「とりさん～♪」

「……え？」「サキちゃん、抱っこだよ！　アレン様、良いですよね？　ね？」

「お願いします」

サキさんを促すと、恐るべき魔法士の片鱗を見せた鳥族の女性は膝を曲げ、おっかなびっくり、アトラを抱っこした。

「♪」

「あ、あの……」「サキちゃん、いいなぁ。いいなぁぁ！」

「仲良くしてあげてください。リディヤが無理難題を言ってきたら、僕に相談を」

「え？　あ……」「やった！」

リディヤは珈琲を飲み干し、僕を睨みつけた。

「……はぁ？　あんたは私の下僕なのに、そういうことを言って許されると思っているわけ？　斬って、燃やすわよ？」

「——今晩から部屋を別々に」

無数の炎羽（えんば）が猛烈な勢いで躍った。

「！」「はね～♪」

二人のメイドさんが顔を引き攣らせ、アトラがはしゃぐ。

僕は指を鳴らし消失させ注意。

「こら！　お店が燃えるだろ？」

「あんたがさせたんでしょう？」

「…………」

メイドさん達は顔を見合わせ、内緒話を開始した。

「（……御噂通りですね）」「（だ、だね。聞きしに勝るよ……）」

良い事は話されていない気がする。静音魔法を発動。

珈琲を飲み干し、僕は何でもないかのようにリディヤへ提案した。

「飴玉（あめだま）分は動こうと思う。いい、かな？」

「いいんじゃない？　好きにしなさいよ」

「ありがとう」

「何時ものことでしょう——誕生日、楽しみにしておくわ」

「……善処するよ。サキさん、シンディさん」

「「はいっ！」」

二人のメイドさんは間髪容れず返事をしてくれた。

「正確な戦況が知りたいんです。可能な限りで構いません。侯国連合内部の資料入手をお願い出来ますか？」

「――畏まりました」「――お任せください！」

「ありがとうございます」

＊

さて――アレン商会番頭さんの仕事ぶりを見聞させてもらおう。

「その情報は本当なのか⁉　ピサーニ統領とニッティ副統領の間で合意が成され、リンスターとの交渉が進めば、統領自ら南都へ出向かれると？」

「はっ！　カーライル様。統領邸と副統領邸を見張らせている者からの情報です」

「………信じられん。御苦労だった。引き続き、頼む」

「失礼致します」

部下を下がらせ、私は執務室の椅子から立ち上がり、部屋の中をぐるぐる回った。

水都中央島にある、カーニエンの屋敷は夜の闇に包まれ静まり返っている。

まさか、こうも早く老人達が……脳裏に、不機嫌そうな顔をしているニッティの嫡男の顔が浮かんだ。

「ニケ・ニッティの入れ知恵かっ！　……忌々しいっ‼」

吐き捨て、機密書類を確認する。

孫娘を水都に残し、自領へいち早く戻ったロンドイロ侯を中心とする講和派と異なり、未だ反講和派の軍動員は完了していない。

このまま講和となってしまえば……。

「侯とホロント侯の御命、奪われましょう。……病に臥しておられる奥様の御命も」

前方の空間が歪み、深紅に縁どられた純白のフード付きローブを着た女が現れた。

……侯爵家の結界魔法なぞ、聖霊教の使徒相手には無意味というわけか。

続いて、つい先日まで窓口役だった灰色ローブの男――ラガトも現れる。

「……イーディス殿、このような夜更けに何用だろうか？」

「リンスターとの講和を聖女様は望まれておられませぬ」

私は恐るべき使徒を睨みつける。

「……どうしろと？　今、立っても鎮圧されるだけだっ！　講和派は『串刺し』ロンドイロを筆頭に、百戦錬磨の猛者ばかりなのだぞ？　我等に死ね、と言うのか⁉」

「聖女様は大変慈悲深き御方。貴方様が義務を――ニッティに生まれた『贄』の確保さえされれば、必ず想いに応えてくださいましょう」

使徒は口元を歪め、ただただ嗤っている。

――分かっている。

私に選択の余地なぞない。とうの昔に賽は投げ終えた。

だが……準備不足で事を起こせば敗北の可能性は高くなる。

私はまだ死ぬわけにはいかない。少なくとも目的を達するまでは。使徒達へ問う。

「計画を早めろ……と言うならば、何かしらご支援いただけるのであろうな？」

「無論。貴方様は幸運でございます」

「？　いったい、どういう――」

「貴方が噂の売国奴さん？」

「！」

振り返ると、黒帽子を被り、漆黒のドレスを纏う美女が椅子に腰かけていた。

血の如き長い黒銀髪が悍ましく、手には分厚い古書。題名は——読み取れない。

……どうやって、部屋の中へ？

後方にフード付き灰色ローブ姿の女が控え、長大な片刃の黒剣を持っている。

窓から月光が降り注ぎ、使徒達が片膝つく中、私は呆然と立ちつくす。

人……なのか？

美女の冷たい銀の瞳が私を貫き、三日月のイヤリングが鈍い光を放った。

口元からは長い牙が覗き、嘯く。

「——聖女の計画は絶対。邪魔する者は私が全員切り殺せば済む話。さぁ……何時もの、何時の時代にも、何処にでも転がっているありふれた惨劇を始めましょう？」

第3章

「王都から戻った各軍の南方戦線再配置を急がせろ！」

「侯国内の橋や道路の補強もしないと……この時季の天候はどうなんだ？」

「両侯都包囲が長引いた場合、必要な兵站物資の量は――」

「新米、いいか？　この場において、フェリシア様の指示は絶対だ。憶えておけっ！」

王国南都。リンスター公爵家屋敷内の大会議室に設けられた本営は今日も戦場だった。

南方各家の兵站士官さんや参謀さんが叫び、泣き、机に突っ伏し……その間も、リンスター公爵家のメイドさん達が書類を執務机にテキパキと配布。

王都を脱出し、この場所で仕事するようになって約一ヶ月。幾度となく見てきた光景だ。

時刻は既に夜だけれど、この場に『昼夜』の概念はない。

力を合わせ『万単位の軍隊の兵站を維持する』という困難極まる業務に挑んでいる。

出来れば『様』は止めてほしいけど……私も頑張らないと！

気合を入れ、書類の山に挑みかかろうとし――

「フェリシア御嬢様、夕食のお時間でございます」

音もなく現れ、私のペンを取ったのは、黒茶髪でやや褐色の肌を持つ、すらりとした美人メイドさん――リンスター公爵家メイド隊第四席のエマさんだった。

「夕食後は入浴し、ゆっくりと御部屋でお休みください」

私に軍帽を被せてきたのは、耳までのブロンド髪でエマさんよりも背が低く、眼鏡をかけているメイドさん――ハワード公爵家メイド隊第四席のサリー・ウォーカーさん。

御二人共、戦場では足手まといでしかない私を南都まで逃がしてくれた大恩人だ。

……ただ、ちょっとだけ過保護。

今の私は凄くやる気に満ち溢れているのに！

「エマさん、サリーさん、ありがとうございます。でも……夕食は今晩も此処で食べます。皆さん、凄く頑張っている中、私だけが休むわけにはいきません。サーシャさんだって前線近くに行かれていますし」

着慣れない軍服の重みを感じながら、美人メイドさん達へ訴える。

サーシャ・サイクス伯爵令嬢は、数日前まで私と一緒に仕事をしていた――謂わば戦友。

『侯国連合の魔法暗号解読について、父と話しあいたいことがあるのです！』

と、本営を指揮されている前リンスター公爵のリーン様に直訴し、現在は前線に程近いアトラス侯国内へ出向かれている。

みんな、自分の為すべきことに対して、真摯に向き合い努力を続けているのだ。

なら、私だってっ！

……これは、アレンさんが南都に来られるだろうから、頑張っている姿を見せなきゃっ！　という邪な想いからじゃない。

べ、別に褒められたいとかでもないっ。……ないったらないのだ。

エマさんとサリーさんは顔を見合わせ、内緒話を開始した。

「(お元気なのは嬉しいですが……少々困りましたね)」

「(アレン様とリディヤ・リンスター公女殿下が王都を脱出されたのは七日前と聞きます。そろそろ、御着きになられるのでは？)」

「(……ここはアレン様にお説教をしていただきましょうか？　あわあわなさるフェリシア御嬢様も可愛いですし)」

「(全面的に同意致します)」

私はジト目で二人を見た。

「……エマさん？　サリーさん？　今度は何の悪巧みをされているんですか？」

「悪巧みなぞ、まさかっ！」「私達はフェリシア御嬢様の味方でございます」

「……怪しいです」

美人メイドさん達を更に詰問しようとした——その時だった。

本営の扉が開き、幾人もの人が飛び込んでくる。各所でどよめき。

私達の元へも一人の少女が息を切らして走って来た。

二つ結びにした茶髪と、月神教という宗教の印が胸元で揺れている。

メイド見習いのシーダ・スティントンさんだ。

「はぁはぁはぁ……」

「だ、大丈夫ですか？」

慌てて硝子製のポットからグラスへ冷水を注ぎ手渡すと、少女は一気に飲み干した。

「あ、ありがとうございます。フェリシア御嬢様。御報告です。先程——」

シーダさんが言い終える前に、数名の少女達も入室してくる。

「！」

私は驚きのあまり、椅子を倒しながら立ち上がってしまった。

一団の先頭を進んでいるのは白金の長い薄青髪を蒼のリボンで結い、腰に細剣と短杖を提げた軍服姿の美少女。

そして、花付軍帽を被り王立学校の制服を着て、短剣を提げている狼族の少女。

私は大声で名前を呼んだ。

「ステラ！　カレン！」

「「？　フェリシア！」」

私は足をもつれさせながらも、二人へ駆け寄る。

長いスカートを穿いているせいもあって、走りにくい！

どうにか辿り着き——私は親友達の胸へ飛び込んだ。

「……夢、じゃないわよね？　二人共、大丈夫？　怪我は？　してないわよね？」

声が震え、涙で眼鏡が濡れる。

手紙で無事なのは知らされていたけれど……ずっとずっと、不安だったのだ。

以前よりも大人び、綺麗になったステラが私の目元の涙を細い指で拭った。

「凄く久しぶりな気がするわ……フェリシア、無事で良かった」

親友の瞳にも大粒の涙が見える。

カレンが穏やかな顔で、腰の短剣の鞘に触れた。この子も雰囲気が少し変わった。

「随分と活躍しているみたいね。短剣、ありがとう」

「うん。役に立ったなら、頑張って探した甲斐があったわ」

狼族の少女は短剣の鞘を叩(たた)き、私は大きく頷(うなず)いた。

私達の後ろには、前髪に髪飾りをつけ、蒼のリボンが結ばれた長杖(ちょうじょう)を手にした、ステラの妹のティナさんと、ハワード公爵家のメイド服姿のエリー・ウォーカーさん。

軍服を着たリィネ・リンスターさんが、メイド見習いの少女を紹介している。

「こほん——ティナ、エリー、紹介します。この子がシーダです」

「シ、シーダ・スティントンです。さ、先程は挨拶も出来ず、申し訳ありませんでした」

「貴女(あなた)がシーダさんなんですね。リィネがよく褒めてました！」

「……え？　ええ？」

シーダさんが戸惑い、リィネさんを見た。

赤髪の公女殿下は腕組みをし、薄蒼髪の公女殿下へ喰(く)ってかかる。

「……ティナ。根も葉もない話を——」

「え～いいんですかぁ？　シーダちゃんが悲しみますよぉ？」

「くっ！　こ、これだから首席様はっ！」

「えとえと、エリー・ウォーカーです。ティナ御嬢様の専属メイドを務めています。仲良くしてください」

「ウ、ウォーカー家の御嬢様……はわわ……っ、月神様、わ、私、どうすればぁぁ」

本営に詰めている方々の顔が綻び、ピリピリした空気が和らいだ。

私もステラ、カレンと笑い合う。

良かった。本当に良かった……！

後方では美人メイドさんも襲撃を受けている。

「エマ～♪　今、帰りましたぁ☆」

「……リリー、鬱陶しいです。その腕輪はどうしたんですか？」

嫌がるエマさんを抱き締めていたのは、長く美しい紅髪でメイドさんなのにメイド服を着ていない、第三席のリリーさんだ。

左手首には、南都を発たれた際にはつけていなかった銀の腕輪が輝いている。

「むむ～。そこからですかぁ？　エマは私なんか心配じゃなかったんですね……」

リリーさんは不満を表明した後、声を低くし項垂れる。

冷静沈着なエマさんが狼狽。

「そ、そんなこと……まぁ無事で良かったです。お帰りなさい——サリーさん、その手の映像宝珠を今すぐ仕舞ってくださいっ」

「え？　嫌です。照れているとお可愛いのですね。エマさんも」

「なぁっ⁉」

「うふふ～♪　エマ、大好きです～」

演技を止め、リリーさんは再びエマさんを強く抱き締め直した。

――一通りの挨拶を終え、私は親友達に質問を投げかける。

「みんな、どうして南都に？　アレンさんとリディヤさんは一緒じゃないの？？　王都でいざこざがあって、脱出されたって聞いていたんだけど……」

すると、親友達の表情に憂いと焦燥。

「……やっぱり、アレン様は南都に来られていないのね」

「……リディヤさんっ。まさか……本当に、兄さんとっ」

「？？？」

私は訳が分からず、ティナさん達を見た。

「え、えーっと……？」

「先生は、フェリシアさんも言われた通り、リディヤさんと一緒に王都から南方へ飛び立たれたみたいなんです」

「だ、だから、南都に逃れられた、と思って……」

「こっちに来られていない、と……冗談抜きで水都かもしれません」

「そ、そんな……」

へたり込みそうになると、エマさんとサリーさんが慣れた動作で椅子を設置し、南方島嶼諸国製の扇子で扇いでくれる。

……アレンさん、『南都へ行きます』って、手紙では書いてくれていたのに。む～。

「まずは情報を集めましょう。それはそうと――」

リィネさんが小首を傾げ、話題を変えてくる。

「フェリシアさん、その軍服はいったい？」

「！　え、えーっと……」

私はしどろもどろになり、エマさんとサリーさんに目で合図。助けてください！

が……美人メイドさん達はお澄まし顔。うぅ～。

ティナさんとエリーさんが後に続き、感想をくれる。

「カッコいいですね！」「ア、アレン先生の服に色合いが似ている気がします」

「そ、そんなことは……ないと、思うんですけど……」

恥ずかしくなり、もじもじ。

今、私が着ているのは、リンスター公爵家の軍服を土台に作ってもらった特注品。

リィネさんも着用されている紅の軍服を黒と白に染め直し、スカートの丈も長くしてもらった。軍帽も同様の配色だ。

「……エマ、私達が王都へ進軍した後、何があったの？」

「サリー？　貴女も関わっているの？」

リィネさんとステラさんがメイドさん達の名前を呼ばれた。

そんな中、リリーさんはエマさんを解放し「うふふ～♪」「ひゃんっ！」、シーダさんに襲い掛かっている。

二人の美人メイドさんは背筋を伸ばし、にこやかに返答された。

「大旦那様と大奥様の御指示でございます。『地位に相応しい服装を』と」

「フェリシア御嬢様は、侯国連合と開戦して以降、本営において多大な貢献をされております。至極全うな御命令かと」

「「「「………」」」」

ステラ達が顔を見合わせ——私を見た。

「フェリシア。貴女……何をしているの？」

「手紙では『兵站のお手伝い』としか書かれていなかったわよね？　リィネからも話は聞いていたけれど、『職に相応しい服装』ってどういう意味？」

「え、えと、あの………」

羞恥心がこみ上げ、逃げ出したくなる。

もうっ！　こ、これも、先にアレンさんが南都に来てくれないからですよっ！

そしたら、すぐメイド服……じゃなくてっ！　普段着に戻すつもりだったのにっ‼

この場にいない会頭さんに内心で文句を言っていると、穏やかな声が聞こえた。

「それについては私からも説明するとしよう」

『！』

――本営の空気が一気に引き締まり、ステラ達も背筋を伸ばす。

入って来られたのは、背が高い瘦身の老紳士。

縮れた赤髪には白い物が交じり、軍服ではなく礼服を着用されている。

座っていた私も、エマさんとサリーさんに支えられて立ち上がり、会釈。

老紳士は左手を少しだけ挙げられた。

「ああ、楽にしてくれ。まずは名乗らねばな。リーン・リンスターだ。以前は一応公爵を務めていた。義息と娘の頼みで、此度の戦役では本営を預かっている。なに、ただ座っているだけの楽な立場だ」

リーン様はそう仰られるが、一ヶ月この場で戦い続けた私達は知っている。

この御方がいればこそ――南方戦線の兵站は保たれていることを。

ステラがみんなを代表し、凛として名乗った。

「──お初に御目にかかります。ハワードが長女、ステラと申します。この子達は妹のティナ、ウォーカーの跡取り娘のエリー、そして、親友のカレンです」

息を呑みそうになる洗練された仕草。

ステラは前から綺麗だったけれど……見違えた。戦役中に何かあったのだろうか。

ティナさん達もやや緊張されながら、リーン様へ挨拶された。

「テ、ティナ・ハワードです」「エ、エリー・ウォーカーです」

前公爵殿下は正しく好々爺という表情になられ頷かれる。

「次代の才媛達に会えて光栄だ。リィネと今後も仲良くしてあげておくれ」

「「はいっ！」」「お、御祖父様っ！　そ、そういうのはいいですから……」

リィネさんが頬を赤くされると、室内に笑い声が溢れた。

そんな孫娘に慈愛の視線を向けられた後、リーン様は狼族の少女に尋ねられる。

「君がカレン嬢かな？」

「は、はい」

花付軍帽を取り、私の親友はしっかりと瞳を合わせ名乗った。

「──狼族、ナタンとエリンの娘、カレンと申します」

途端、リーン様は字義通り破顔。

「おお、やはりそうか！　直接会って話したいと思っていたんだ。君の御両親と兄上には、うちの娘と孫達が世話になり通しでね……リディヤも君を大変褒めていた。いや、よく来てくれたっ！　歓迎しようっ‼」

「……リディヤさんが？　私を……？」

カレンは驚き瞳を見開く。尻尾はゆっくりと右へ左へ。

ようやく、シーダさんを解放したリリーさんが後ろからリィネさんを抱き締めた。

メイド見習いの少女は「つ、月神様、私、過ちを……」と混乱中だ。

「！　リ、リリー⁉」

「うふふ～♪」

従姉に当たるメイドさんに呆れ返りながら、赤髪の公女殿下が真面目な顔になる。

「もう……御祖父様、最新の戦況はどうなっているんでしょうか？　私達は王都を迂回して来たので、ここ三日間は情報を聞いていないんです」

「大勢に変化はないよ。疲れているだろう？　座って話すとしよう。エマ」

「はい。大旦那様」

リーン様の指示を受けたエマさんが、メイドさん達へ合図をされる。

すぐさま椅子とソファーが設置された。

私の両脇にはステラとカレンが、もう一つのソファーにはティナさん達が腰かけた。

椅子へ座られたリーン様が淡々と現在の戦況を教えてくださる。

「緒戦で勝利した後、我が軍はアトラス、ベイゼルの両侯都を包囲。現在、王都より転進した公爵軍主力も逐次展開中だ。最前線で指揮を執っているのは我が妻、『緋天』リンジー。総指揮は現公爵のリアム。諜報を司るサイクス伯とサーシャ嬢も前線近くに。グリフォン部隊は北部の街道、橋、港湾を空から叩き続けている。敵は徹底抗戦の姿勢を崩していないが……士気は低い。純粋な会戦ならば負けはすまい」

私に軍事は分からない。

分かるのは……ポケットに入れてある侯国連合の金貨を取り出す。

――表に『大運河』。裏に『花と水竜』。

この戦い、向こうからすれば大赤字もいいところの筈。根をあげてくれないかな？

リーン様が続けられる。

「フェリシア嬢の献策で、ベイゼル、アトラスの小麦相場に大規模介入もしていてね。ベイゼルは戦前より多少上がった程度だが、アトラスの相場はじわじわと高値を更新中だ。また、北部の大商人達の一部は小麦を貯め込んでいたのだが……その情報も北部五侯国内にバラまいた。結果、両国関係のみならず、北部五侯国間の関係も悪化。アトラスからは多数の亡命者も出始めている」

「「「…………」」」「……あの策、本当に全部実行したんですね」

ステラ達が絶句し、リィネさんは半ば呆れている。

私は金貨を指で弄り回す。

だ、だって……まさか、話したことが全部採用されるとは、思わなかったし。

「……改めて質問してもよろしいでしょうか？」

ティナさんが挙手された。この後に尋ねられることは分かっている。

「フェリシアさんは何の役職に就かれているんですか？　先生の戦時権限を付与された、というお話はリィネから聞いていますけど……」

「テ、ティナさん、な、長旅で疲れているんじゃありませんか？　御休みに、きゅ」

「――フェリシア」「少し黙って」

親友二人に口元を押さえられてしまう。

う～！　うう～‼　ううう～!!!

リーン様はにこやかに頷かれ、名前を呼ばれた。

「――エマ、サリー嬢」

「はい、大旦那様」「お任せください」

美人メイドさん達が優雅に一礼。

私の両肩に手を置き、誇らしそうにステラ達へ私の役職を説明する。

「現在――フェリシア御嬢様は大旦那様直々の御指名により、『南方戦線兵站総監代理』を務めておられます」

「軍服着用は、リンジー・リンスター様直々の御命令によるものでございます。『みんなにフェリシアちゃんが凄いのを分かってもらわなきゃ！』と仰せでした」

「「「！」」」「あ、やっぱりぃ～。大奥様、そういうの大好きなんですよねぇ～」

「え、えと、あの…………」

ステラ達が驚き手を外し、リリーさんはのほほんと得心された。

美人メイドさん達は挙動不審な私を見て、嬉しそうに続ける。

「数日前までは嫌がられていて……ずっとメイド服をお召しになられていたのですが、アレン様王都脱出の報を聞かれた後は、積極的に軍服着用を」

「『アレンさんをきちんとお説教する為です！』とのことでございました」

「エマさん!? サリーさん!? お、御二人が、さ、先に軍服姿を見せて、後からメイド服の方が効果的だって――……あ」

私は両手で口元を押さえた。

「「「「…………」」」」

みんなの視線が突き刺さり、両腕は親友達によって拘束される。

「ひゃんっ！　ス、ステラ？　カ、カレン？」

「……フェリシア」「……詳しく話を聞かせてくれる？」

ティナさんとリィネさんは深刻そうな顔になり、話し合い中。

「（先生がエリーに甘いのは……？）」「（可能性はありますね）」「（あぅあぅ……）」

さっきまで一番くつろいでいたリリーさんが身体をわなわなと震わせている。

「……メイド服…………メイド服？　…………メイド服ぅぅ～！？！！」

炎花が舞い散り、エマさんとサリーさんの耐炎結界にぶつかっては、消えていく。

私は言い訳を考えようとし、

「え、えっと……べ、別にアレンさんは関係なくて……あの、その……………きゅう」

「「フェリシア⁉」」

目を回してしまった。ステラとカレンが心配そうな声を発している。

リーン様の苦笑が聞こえた。

「皆、長旅で疲れているだろう？　今日はゆっくりと休んでおくれ。働き者の兵站総監代理殿もね。アレンとリディヤの行方は私の方からも探らせておこう」

「だ、だから違うのっ！　わ、私は役職を貰うつもりなんかなかったし、軍服だって……でも、リーン様とリンジー様に言われて仕方なく……」

「はいはい。分かっているわ」

「う～……ステラの意地悪。そういう所まで、アレンさんに似なくていいのに……」

＊

木製の椅子に座り、私に長い髪をブラシで梳かれている紫色の寝間着姿のフェリシアは、子供のようにむくれた。

この子が目を回した後、私達は夕食を摂り、みんなで大浴場へ。

さっぱりした後、用意してもらった広い部屋へと戻って来たのだ。

ベッドは合計で七台。

私、カレン、フェリシア。ティナ、エリー、リィネさん。

そして——護衛役のリリーさん。

今はエリーと一緒にお茶の準備をしに行ってくれている。

親友の髪に触れ、懸念を伝えた。

「フェリシア……髪が随分傷んでいるわ。ちゃんと食べて、寝ているの？」

「——……最近は」

親友は悪いことをしているのがバレた子供のような顔になり、零した。

くすり、と笑い注意。

「無理をすると、アレン様に叱られてしまうわよ？　はい——出来たわ」

「……手紙にもそう書いてあった。ありがと、ステラ」

「どういたしまして」

フェリシアの髪を梳き終わり簡単に結ってまとめ、ブラシを片付ける。

窓の外にはやや紅くなっている月と無数の星々。

……アレン様もこの夜空を見られているのだろうか。

椅子に腰かけ、部屋に帰って以降、入り口側のベッドの上で膝を抱え、ぶつぶつと話し合っている妹達へ話しかける。

「ティナ、リィネさん、機嫌は直った？」

薄蒼と薄紅の寝間着を着た二人が顔を上げた。普段はあまり見せない暗い顔だ。

フェリシアの強調されてしまう胸元を凝視し、妹達は顔を歪ませる。

「……御姉様、今、私達は露わになった世界の残酷さに打ちのめされているんです。ええ、知っていました。知っていましたともっ！　でも……でもっ……でもぉっ！　御姉様とエリーだって有罪なのに、フェリシアさんとリリーさんはあんまりですっ！　嗚呼……この場に同志が、同志がいてくれればっっ！」

「……世界に神様はきっといないし、いても凄く意地悪な御方なんでしょうね……」

ティナがいきり立ち、リィネさんは自分のすらりとした肢体へ暗い目線。

妹の同志――『勇者』アリスさんと出会ったのが遠い昔のことのようだ。

「はぁ……どうして、私がこっち側なんですか……」

ティナ達によって、無理矢理仲間に入れられたカレンがタオルを頭に載せながら、不満を表明した。アレン様の白シャツではなく、薄黄色の寝間着姿だ。

「カレンさんはこっち側ですっ！」「そうですっ！」

即座にティナ達が糾弾する。親友は腕組みをし顔を顰めた。

「……失礼ですね。私は別にそこまで気にしては」

「もっどりましたぁ～」「た、ただいま戻りました」

扉が開き、二人のメイドさんが戻って来た。

「おかえりなさい。リリーさん、エリー」「おかえりなさーい」

「「………」」

私とフェリシアは応じるも、ティナ達は完全沈黙。

二人の胸元を一度見た後……背を向け、再び膝を抱えてしまった。

リリーさんは、東都では寝間着としても使われていた花柄の浴衣。

エリーは、ティナ達と色違いで薄翠色の寝間着だ。

布地が薄手なこともあり胸が強調され、髪も下ろしているので、ほのかに色っぽい。

――……浴衣、いいな。

私も自分のが欲しい。

お義母様も作ってくださるって仰ってくれたし、出来ればアレン様とお揃いので。

それを着て、一緒に夏祭り、とか――……。

「～～っ！」「？　ステラ？？」

頭を動かし思考を断ち切る。

フェリシアが困惑しているけれど、対応する余裕がない。

いけない。いけないわ、ステラ。貴女、少し浮かれ過ぎじゃないかしら？

アレン様の残してくれた抑制魔法式のお陰で、体調不良は大分緩和されていても、まともに魔法が使えないのよ？

こういう時だからこそ、自分を律し——リリーさんとエリーが、持ってきた銀製のトレイをテーブルへ置いた。見事な所作で紅茶を淹れながら、年上メイドさんが怖い笑み。

「いいお湯でしたぁ～。さてとぉ～……フェリシア御嬢様ぁ、メイド服のお話、聞かせてもらっていいですかぁ……？」

「！　そ、それは……あ、あの………。ス、ステラぁ。カ、カレンも助けてよぉぉ」

親友が情けない声を出し、私達を呼んだ。

「……え、えっと」「……はぁ」

私は戸惑い、落ち込んでいたカレンも立ち上がり——紫電を走らせ、一瞬で移動。

年上メイドさんの前に立ち塞がった。

「……そこまでです、リリーさん」

「それ以上の狼藉を為さるのならば、私にも考えがあります」

「むむむ～……何をされるおつもりですかぁ？」

リリーさんは楽しそうに応じながら、紅茶を淹れ終え、ポットを置いた。

袖口から左腕の腕輪が覗く。……むぅ～。

私は親の仇のようにリリーさんの胸を睨んでいる親友へ目で合図。

カレンが重々しく決定的な一言を放つ。

「……フェリシアにメイド服を作ってもらう約束はなかったことに」

「！　そ、そんなっ!?　ず、ずるいですぅ～あんまりですぅ～！」

リリーさんが愕然とし、ベッドに飛び込み手足をバタバタさせた。……勝ったわね。

カレンが腕組みをし、リリーさんを見下ろした。

「寛大な措置だと思いますが？　……それにしても、どうしたら、そんなに胸が――……いいえ、何でもありません。忘れてください」

リリーさんが動きを止め、不思議そうに告げた。

「特段何もしていませんよぉ？　美味しい物を食べて、たくさん眠って、運動していたら、こうなりましたぁ」

「「「――!?」」」

カレンと、聞き耳を立てていたティナとリィネさんが目を見開き、よろめいた。

私は意地悪を思いつく。

「――フェリシアも答えてあげたら？」

「わ、私だけっ!?　ステラは!?」

「私は普通だもの。ほら、早く」

エリーから紅茶を受け取り落ち着こうとしているカレンを後目に、ティナとリィネさんは無言の催促。

やがて、フェリシアは観念し、指で髪を弄りながら口を開いた。

「わ、私はベッドで過ごす時間が長かったくらいです。生まれつき身体が弱くて、運動は苦手ですし……。たくさん食べるわけでもないです。あ、あと、胸が大きいと何かと大変ですよ？　下着も可愛いのが少ないですし……」

「嘘ですっ！」「フェリシアさんの下着、お洒落でしたっ！」

ティナとリィネさんが尋問官の如く、叫んだ。

私も脱衣所で見た親友を思い出す。

確かに……お洒落だったと思う。

カレンが紅茶のカップを置き、質問した。

「……フェリシア、貴女、以前はそこまで下着に拘りはなかったわよね？」

「ア、アレン商会のメイドさん達に『あり得ませんっ！』って、怒られたから……た、ただ、それだけっ‼　と、とにかく！　あ、あんまりいいことばかりじゃありませんっ‼」

恥ずかしそうにフェリシアは身体を震わせ、私の背中に隠れてしまった。

ティナ達は何とも言えない表情になり沈黙。

ようやく、これで――

「抱き締めると喜んでくれますけどね」

『!?!!!』

起き上がり、ベッドの脇に腰かけ焼き菓子を食べていたリリーさんが突如、とんでもないことを口にした。

抱き締めた? 抱き締めたって、いったい誰——……お揃いの腕輪。

「…………」

自然と頬が膨らんでしまう。子供っぽいかもしれないけれど、抑えきれない。

魔力が微かに漏れ、白光が明滅した。

ティナとエリー、リィネさん、そしてカレンが問う。

「……リリーさん」「あぅあぅ」「ま、まさか」「……抜け駆けをしましたね?」

「うふふ~……どうでしょう? 秘密です」

「「「「っ!」」」」

年上メイドさんが大人びた表情で唇に人差し指を当てた。……………むぅぅ~。

私の背中に隠れているフェリシアからも小さく不穏な言葉。

「だ、抱き締めると喜んでくれる？　じ、じゃあ、メイド服に獣耳をつけて………きゅう」

パタリ、とベッドに倒れてしまった。

……メイド服に獣耳？

気になるけど今は後。私は年上メイドさんへ質問した。

「リリーさん……貴女は全然心配されていないんですね。アレン様とリディヤさん、アトラちゃんまで行方不明なのに」

「………」

浴衣姿の年上メイドさんの瞳は穏やかだ。カレンが後を引き取る。

「居場所の見当、東都にいた時からついていたんですね？　その腕輪の効果で……いったい何処なんですかっ！」

「――えへへ～♪　私、お姉ちゃんなので。少し贔屓しようかなぁ、って☆」

「だからといって」「分かりました！」

突然、ティナが大きな声を出し、カレンの言葉を遮った。

両腰に手を当てベッドの上に立ち上がり、自信満々に結論を述べる。

「――やっぱり水都なんですね？　先生達がいるのは」

『！』

水都は侯国連合の中心都市。言わずと知れた敵地だ。

リディヤさんは確かによく『ララノアか水都へ亡命する』と言われてはいた。

けどあれは、あくまでも冗談で……ティナは確信を持って主張した。

「普通ならあり得ません。でも、先生とリディヤさんなら、敵地のど真ん中でも問題ありません。情報が乏しいのに、私達の南都行きの許可が簡単に出たのも変です。……御父様や他の偉い方々は、先生達の行き先を知っていたんじゃありませんか？」

「あぅあぅ……」「まさか……いや、でも……」

エリーと、リィネさんは困惑。

「確かに、兄さんとリディヤさんがいれば、危険地帯も危険とは言えないわね」

「……直接、行くなんて……アレンさんのバカ……」

カレンが苦虫を嚙み潰し、枕を抱えているフェリシアは不満そうだ。

「でも——南都から水都までは遠いわ。グリフォンでも往復は不可能よ？」

私は妹へ距離の問題を指摘した。

仮に、私達も水都へ行くと決めた場合、移動手段となるのはグリフォンだ。

侯国連合は空中戦力を運用していないようだし、辿り着くだけなら問題はない。

けれど……南都から水都までは遠い。敵地のど真ん中で孤立してしまう。

リリーさんがにこやかに私達を窘めてくる。

「うふふ～……正解ですぅ★　御二人は水都に滞在されています。だけど――片道での水都行きは却下します。アレンさんとリディヤちゃんだから許される行動なので」

『…………』

私達は何も言えず黙り込んだ。無謀なのは分かっている。

でも……お傍にいたいし、お役に立ちたい、と思ってしまうのだ……。

考え込んでいたティナが、

「――……あ、そっか」

ベッドから飛び降り、鞄から地図を取り出すと中央のベッドに広げた。

『？』

みんなが集まり覗き込む中、妹はペンで二ヶ所に丸をつけ線を引っ張る。

――水都とアトラス侯国の侯都だ。

ティナは顔を上げ、赤髪の少女へ尋ねる。

「リィネ、ベイゼルの侯都からは無理でも、アトラスの侯都からなら――グリフォンの往復は出来ない？」

「……ギリギリだけど、可能でしょうね」

「ティナ、貴女、まさか……」

「御姉様、今の戦況だと水都へ行く許可は何時までも出ません。でも――」

先生の元へ行きたい！　その為なら何でもするっ‼

妹の瞳には強い意志が見て取れた。

つい数ヶ月前まで魔法が使えず、表向きは明るくても、陰を感じさせていたこの子が
……ここまで。

目を閉じ、もう何千回目か分からない言葉を心の中で呟く。

アレン様、有難うございます。本当に……本当に有難うございます。

私は目を開け、まずカレン、そしてエリーとリィネさんと頷き合う。

「現状、リンスターと南方諸家は両侯都を包囲しているわ。私達が前線に出られるのも、
リーン様は望まれないと思う。だから――」

立ち上がり、拳を前に伸ばす。

すると――フェリシアとリリーさんを除く全員が続き、私と手を合わせた。

まずは行動！　後悔は後‼

「明日から私達もフェリシアの仕事を手伝いましょう。そして、一刻も早く――アトラスの侯都を押さえてもらう。そうすれば、水都へ行く許可を願い出る機会を得られる筈よ」

「フェリシアが無茶しないよう監視しないといけないしね」

「「はいっ！」」「！　ス、ステラ！　カ、カレン⁉」

ティナ達が元気よく返事をし、フェリシアが泡を喰った。

「よーしっ！　そうと決まれば、明日から頑張って、すぐに先生の所へ――」

ノックの音。私は返事をする。

「どうぞ」

「失礼致します。吉報でございます」

ティナが言い終える前に、サリーが中へ入って来た。エマさんの姿はない。

吉報？　こんな時間に？

普段余り表情を変えない眼鏡メイドの顔が微かに緩む。

「――侯国連合が講和交渉を申し出た、とのことでございます。条件は不明ですが、ピルロ・ピサーニ統領自ら、南都へ来ることも辞さず、と」

『！』

突然の急展開に驚きを隠せず、私達は目を見開いた。

東都でも南都でも、『連合は抗戦を継続しようとしている』との情報ばかりだった。

なのに、いきなり……私はカレンとフェリシアを見た。まさか。

ティナ達が頬を赤く染め、興奮した様子で叫ぶ。

「先生ですっ！」「ア、アレン先生……」「兄様、姉様……！」

「——……サリー、詳細は明日以降よね？」

「はい、ステラ御嬢様」

妹達がベッドの上ではしゃぐのを見つつ、私は確認。

——サリーが私とカレン、リリーさんへ目配せをするのが分かった。

普段通りティナ達を注意する。

「こーら。もう夜なのよ？　五月蠅くしないの！　——折角の紅茶が冷めてしまったようね。私とカレンで新しいのを取ってくるわ」

「フェリシアは途中で倒れそうだし、居残りね」

「「は〜い」」「カレン!?」「ス、ステラお姉ちゃん、私も——」

「エリー御嬢様ぁ〜ぎゅーですぅ♪」

「！　あぅぅぅ」

動こうとしたエリーをリリーさんが止めるのを確認し、私とカレンは廊下へ出た。

サリーの先導に従って長い廊下を進んでいくと、突き当たりでエマさんが待っていた。

合流すると――即座に厳重な静音魔法が張り巡らされる。

エマさんとサリーが硬い表情で私とカレンを見た。

「報せは二通ございました……」「こちら凶報でございます……」

サリーが手渡して来た紙を、二人で素早く確認する。

署名は『ロラン・ウォーカー』。北都から転戦したようだ。

『――フォス商会会頭エルンストは此度の叛乱において、叛徒の兵站業務中枢に参画。王都を陥落前に脱出し、ララノア共和国へ逃亡した模様』

「「……」」

私とカレンは驚愕し、声も出せない。

――エルンスト・フォス。

フェリシアの実の御父様だ。

王都脱出後、連絡がついていない、とは聞いていたけれど……受け入れ難いし、到底信じられない。

二人の美人メイドも沈痛な面持ちだ。

「これ以上は不明でございます。疑惑追及は、王都の変事が終わった後になるでしょう」

「フェリシア御嬢様は現在でも、相当な御無理を。ここで心労を重ねられては……」

「そう、ね……」「伝えるのは、もう少し情報を得てからで良いと思います」

私とカレンはエマさん達に賛同した。

フェリシアは身体が強くない。王立学校だって、長い間通えていなかった。心労をかければまた倒れてしまうかもしれない。

静音魔法が解けると、ティナ達の明るい笑い声が聞こえてきた。

窓の外の月が先程よりも紅く染まっている。

ふと、今は亡き御母様の教えてくれた故事を思い出す。

『紅月の夜に外へ出てはいけない。怖い怖い魔女や吸血鬼がやって来るから』

――漠然とした不安を打ち消すように、私は胸ポケットに忍ばせた蒼翠グリフォンの羽に触れ、水都にいるだろう魔法使い様を想った。

＊

「お帰りなさいませ、ニケ坊ちゃま」

「着替えをしに戻っただけだ。すぐに出る。……歩きながら話そう」

会議に次ぐ会議の合間にようやく時間を作り、大議事堂から中央島にあるニッティの屋敷へ戻ると、玄関で老家宰のトニ・ソレビノが待っていた。

時刻は既に昼過ぎ。

ここ数日、神経を磨り減らす思いで、リンスターとの講和について統領ピルロ・ピサーニ様と秘密会談を重ねていたこともあり、強い疲労を覚えている。

かつて、手練れの諜報官として名を轟かせるも、旧エトナ侯国での任務にて右手を喪い、黒い義手を着けている老家宰を従え、廊下を進む。

今より百年前に起きた『水都騒乱』の際に取りつけられた鉄格子付きの窓から見える大運河には、多数のゴンドラが行き交っている。

戦時であろうと変わらぬ水都の日常だ。

……俺はカーニエン侯のような愛国者ではない。

だが、侯国連合の中でも有数の名家であるニッティに生まれたからには、この光景を守る努力はしよう。

自室へ向かいながら、トニへ極秘事項を伝える。

「統領が講和の為、直接動かれることになった」

「なんと……おめでとうございます」

「俺は何もしていない。ただ後ろに控えていただけだ。粘り強く、早期講和の利を説かれ続けたのは父上の御尽力によるもの――……いや」

ニッティと並ぶ名家であるピサーニ家の当主でもある、ピルロ統領は聡明な御方だ。

齢七十を超えられているものの、長年に亘り南聖海をまたにかけた練達の大商人であり、第二次、第三次南方戦役に従軍された経験も持たれている。

だが、そんな御方をしても……リンスターとの講和に踏み切る決断は出来なかった。

北部の戦況は、どう言い繕っても著しい劣勢。

講和条件が屈辱的になるのは避けようがない。

下手をすれば、連合そのものが割れる可能性だって零とは言えぬ。

統領の苦悩、苦衷……察するに余りある。

――にも拘わらず、この数日で一転俄かに『講和するべし』と言われ始めた。

やはり、あの忌々しい男と、直接会話をしたからなのか？

四日前の早朝に、統領へ伝えた言葉を思いだす。

『リンスターの『剣姫』と『剣姫の頭脳』が水都に来ております』

自分でもはっきりと分かる程、顔を顰める。

「坊ちゃま？　お加減の方が……？」

トニが心配そうに問うてきた。目を瞑って頭を振る。

パオロに指示をし、カフェで会わせる手筈は整えた。

が……あくまでも此度の決定は、統領御自身の御英断だろう。

老家宰を安心させるべく、平時と変わらぬ口調で答える。

「……気にしないでくれ。少し疲れているだけだ」

「開戦以来、昼夜を問われぬ坊ちゃまの御尽力、敬服しております。然しながら……」

「大丈夫だ。もう少しだからな。……感謝する」

「ニケ坊ちゃま……」

生まれた頃から、俺を知っている忠義者は沈痛な面持ちになった。

余程疲労が見て取れるのか……情けない話だ。話題を強引に変える。

「北部戦線の新しい情報は入っているか？　ずっと議事堂地下に籠っていたからな。世の中の動きから遠ざかる――教えてくれると助かるんだ、爺」

トニを子供の頃のように呼ぶ。老家宰も我が意を汲んでくれた。

「王国内の騒乱は収まったようです。既に王都より転進せし、リンスター公爵家主力はアトラス、ベイゼルの両国境を越え、包囲軍に加わったとの報がございます」

「鉄道による軍の高速機動だな。未だ、まともに鉄道計画の予算すら通せない連合では考えられん速さで行軍してくる」

連合内にも鉄道自体は存在する。

だが、『鉄道網』として整備する概念が存在しない。

一度、カーニエン侯が私案として議会へ提出したものの、賛同は得られなかった。

それぞれが強い独立意識を持つ『侯国』の集合体という国家体制の限界か……。

屋敷の最奥にある俺の自室が見えてきた。トニが続ける。

「アトラス、ベイゼル両侯国の残存部隊は、依然として侯都に籠城中でございますが……時折、小部隊を出撃させ、敵補給線に対して散発的な攻撃をしかけておりました」

「その話は聞いている。唯一の効果的な攻撃だ、ともな」

リンスターは強い。余りにも……強過ぎる。会戦では勝ち目を見いだせない。

故に敵の補給線を叩くのは間違いではない。相応の戦果を挙げた、とも耳にした。

トニが元諜報官としての怜悧な分析を口にする。

「ここ数日、それらの攻撃部隊が、一方的に奇襲を喰らい壊滅している事例が相次いでいるとのこと。情報が洩れております」

「……魔法通信の暗号を解読されたのか？　先日、更新したのだろう？」

王国は表面の軍備だけでなく、情報収集にも多大な予算を投じている。

魔法通信の暗号化技術も、その解読法も、連合とは雲泥の差があるのだ。

トニが強張った声を発した。

そこに含まれているのは――紛れもない畏怖と怒り。

「未確認情報ではありますが……サイクス伯爵が前線近くに来ている模様です。襲われた部隊の数少ない生き残り達は、『大鎌を振るいながら嗤うメイドの姿を見た』とも」

俺は立ち止まり、老家宰の顔をまじまじと見て――吐き捨てる。

「……『魔王をも騙す』と豪語するサイクスとお前の右腕を奪った『首狩り』ケイノスか。『緋血の魔女』が前線指揮を執っているというのも、間違いなさそうだな」

現在の侯国連合に、かの伝説の魔女――リンジー・リンスター前公爵夫人に相対出来る魔法士はいない。辛うじて、『串刺し』レジーナ・ロンドイロ侯だろうが、あの御方は、魔女の恐ろしさを知り抜いている。戦場には立たれまい。

事実、開戦に最後の最後まで反対された後、自領へと帰国。

水都には代理として、孫娘であるロア・ロンドイロを留まらせて戻られていない。

自室の扉を開け、中へ。

壁は本棚で埋められ、他は執務机と椅子、簡素なベッドのみ。つまらない部屋だ。

疲労に抗しきれず、窓際(まどぎわ)の椅子に座り込む。

「また、カーニエン侯の屋敷に出入りする異国の者がおります」

「…………聖霊教の者だろう」

引き出しを開けペンと紙を取り出し、今までトニから聞いた情報をメモしておく。

「だが、何かをするとは思えん。あの御方は愛国者だ。誰よりも連合の将来を想っておられる。宗教を政治に持ち込みはすまい。引き続き監視はしておいてくれ」

「畏(かしこ)まりました」

椅子に身体をもたれさせ、外を眺める。

雲の動きが速い。水都の政情も似たようなものか。

……油断していると眠ってしまいそうだ。すぐに戻らないとならないのだが。

トニもそれが分かっているのだろう。真剣な様子で尋ねてきた。

「講和条件はどのようになるのでしょう？　アトラス、ベイゼルを差し出すのですか？」

「分からん。……ああ、本当に分からんのだ」

気だるげに返答する。目元を指で押し、瞬(まばた)きを繰り返す。

「決まったのは、統領御自身が南都へ乗り込み、リンスター公と直談判(じかだんぱん)を試みる、ということのみだ」

「……思い切られましたな」

「聡明なる我等が統領閣下と賢明であられる父上に乾杯だ。……戦後は荒れるだろうが」

統領御自身が出馬されれば——講和はまず成立する。

王国は叛乱こそ鎮圧したものの、ユースティン帝国、聖霊騎士団、ララノア共和国と敵対しているのだ。我等だけに関わっている程、暇ではあるまい。

問題は講和後に引き起こされる国内問題だが……自分の首に触れる。

「なに、いざとなれば俺の首を差し出せば、多少は物事も円滑にいこう。委員会内での発言を聞く限り、エトナ、ザナの旧侯とアトラス、ベイゼル両侯、カーニエン侯とホロント侯は講和に反対されるだろうからな」

「そのような不吉なことを口にされるべきではありませぬっ！　……坊ちゃまが倒れられたら、誰が栄えあるニッティ家を継がれるのですか？」

トニが険しい表情になり、叱責してきた。

「問題ない——……愚弟がいる」

目を閉じ、分厚い古書を楽しそうに読んでいる、母の違う幼い弟を思い浮かべる。

少女のように身体が華奢で、戦いも大嫌い。

潜在魔力こそ膨大だが、使える魔力は微々たるもの。

だが……奴には、年齢にそぐわぬ知恵がある。

屋敷にある古書を読み漁り、今では大図書館の文献の大半にも目を通した、という。

──……そう、かつて俺が王立学校で見たあの男のように。

魔法自体が弱まりつつあるこのような時代だからこそ、愚弟のような存在が家を継いでいくべきなのだ。

留学から戻った際、愚弟に贈られ使い込んだペンを回す。

「あれは世を知らず、人を知らず、世界も知らんかもしれんが、人として極めて全うだ。王立学校を逃げ出した俺なんかよりも、家を託せる」

「……ニケ坊ちゃま」

「あいつは元気にしているか？　顔を合わせる機会もなくてな」

老家宰の言葉を遮る。謝罪の必要なぞない。俺にニッティの家を継ぐ力はないのだ。

トニが気を利かせる。

「今日も大図書館へ出向かれております。古書の下巻を探しておられるとのこと」

「……本ばかり読むな、と伝えておけ。来春には王国の王立学校へ行かせるつもりだ」

「！　王立学校に、でございますか」

「あそこは世界の広さを知るには良い。……この地より安全だしな」

水都を治めた『侯王』の血に伝わる水属性極致魔法は、今や断絶の危機にある。

血を繋いできた一族の若い者で使える可能性を秘めているのは、愚弟唯一人。

その事実はニッティ家の極秘事項になっているが……他家も摑んでいよう。

何れ必ず狙われる。そうなる前に、自らの身は守れるようにさせねばならない。

机の上に飾られている王国の金貨が目に入った。

四年前。自信に満ち溢れていた当時の俺は――大樹に守られし彼の地で、大いなる挫折を味わった。


『剣姫』リディヤ・リンスター。

『光姫』シェリル・ウェインライト。

神に愛されたとしか思えない才媛達。

そして、何より……東都からやって来た怪物の中の怪物。

強い不快感を押し殺し、今後を伝えておく。

「とにかく……もう少しだ。明日の十三人委員会さえ乗り切れば、連合は窮地を脱することが出来る。後は我等が粘り強く『講和を望む』と言い続ければ、リンスターとて悪いようにはすまい。引き続き、情報収集と各家の警戒を頼む」

「お任せください。パオロとの連絡も切らさぬように致します」

そう言った後、トニは直立不動のまま沈黙した。訝しく思いながら、尋ねる。

「まだ、何かあるのか？」

「……『水竜の館』の最上階に宿泊されている御二方のことでございます。お会いにならなくてよろしいのですか？」

不同意の呻きを漏らしてしまう。王立学校の卒業式で、奴に告げた言葉を思い出す。

あれは、我が人生最大の過ちだった。

「……会うつもりはない」

「坊ちゃま、ですが――」

老家宰の注進を手で制し、普段と変わらぬ口調で命じる。

「すぐ食べられる物と濃い珈琲を用意してくれ。流し込んで、議事堂へ戻る」

*

『アトラス侯国の小麦相場は制御不能に陥りつつあり。亡命者多数』

『アトラス、ベイゼル両侯、小麦相場を巡り互いに猜疑あり。亀裂埋め難し』

『北部五侯国の道路、橋、港の早期復旧の目途無し』

『水都の主要生活物資の値段、開戦以降、値上がり続く』

『南方島嶼諸国からの交易量、日を追い減少中』


「……う～ん。思った以上に大規模だな」

水都にやって来て五日。本日は光曜日。

僕は『水竜の館』の一室で、サキさんから受け取った侯国連合の極秘資料に目を通しながら苦笑した。

大きく開けた窓からは心地よい潮風。

水都は今日も平穏……少なくとも表面上は。

丸テーブルに資料を置き、紙にペンを走らせた後、ソファーにもたれかかる。

「なにが～？　はい」

簡易キッチンで紅茶を淹れていたリディヤが戻り、カップを差し出してきた。

当然の如く、僕の白シャツを着ているのが何とも。

水都到着以来、元気一杯なアトラはサキさんとシンディさん、他のメイドさん達と一緒に、ホテル近くの露店へお菓子を買いに出かけていて不在だ。

「リンスターの経済攻勢の規模がさ。ありがとう」

カップを受け取ると、リディヤは僕の左隣へ腰かけ、肩をくっ付けてきた。

資料を手にし目を走らせ、丸テーブルへ投げ出す。

「妥当な規模じゃない」

「……そうかなぁ」

「そうよ。だって、あんたを助けに行くのを邪魔したのよ？　国ごと消されていないだけ慈悲深いわ」

「う、う～ん……」

返答に困ってしまう。

髪を弄られながら考えを述べる。

「まぁ……水都首脳部が良識を維持しているのなら、『この戦争を続けたくはない』と思っているのは間違いないね」

「でしょうね。そこだけ間違えなければ――」

「講和は成る、か。良し！　後は偉い人任せにしよう！」

「いいんじゃない？　ねぇ、足伸ばしたい」

「えー」

「の・ば・し・た・いー」

　我が儘御嬢様が駄々をこねる。

「仕方ないなぁ……」

　僕はカップを丸テーブルへ置き、肘置きにクッションを載せて横たわった。

　すぐさま、リディヤも僕にくっつき寝転がってくる。半ズボンから長い足が見えた。

「うっふっふっふ～♪」

　これ以上ないくらいの上機嫌。

　……文句を言い辛い。

　少女の体温を感じながら、虚空に試作中の魔法式を並べる。

　試製氷属性魔法。植物魔法。身体強化魔法。『雷神化』の応用。

　属性異常を克服したステラなら使いこなせるだろう、光と氷の複合広域魔法。

　リディヤが僕を抱き締めながら聞いてきた。

「……あの子達用？」

「うん。成長速度が尋常じゃないから、教える方は大変だよ。充実感もあるけどさ」

紅髪（あかがみ）の公女殿下が僕のお腹の上に跨（また）がってきた。

至近距離からの甘えた目。髪留めが煌（きら）めく。

「…………私のは？」

見慣れているのだけれど……何年経（た）っても慣れない。

リディヤの外見は誰も文句が言えないくらい綺麗（きれい）だ。

「……前、渡したのは」

「もう覚えた。完璧よ」

顔が引き攣（つ）る。

——短距離戦術転移魔法『黒猫遊歩（くろねこゆうほ）』。

アンコさんの魔法式を一部模倣し、僕が組んだのだけれど、こんな短期間で習得が出来る代物では絶対にない。

「……はぁぁ。これだから、天才はっ！」

「そうよ？　誰よりも知ってるでしょう？　首席さん？」

頬杖（ほおづえ）をつき、リディヤがニヤニヤ。顔を顰（しか）める。

「……妙に虐（いじ）めるね」

「御主人様の権利よ」

駄目だ。勝てない。

右手を動かしティナ達用の魔法式を消し、リディヤの誕生日用に組んでいた別の式を展開させる。

公女殿下は素早く目を通し――花が咲いたかのような笑み。

「何時創ったわけ？」

「……言わないと」「ダメ」

断固たる口調。渋々伝える。

「……去年から案を練って、コツコツと……」

「ふぅ～～～ん。そうなんだぁ」

ニヤニヤしながら足をばたつかせ、前髪は右へ左へ。

耐え切れなくなった僕は叫ぶも、

「い、いらないなら」「いるっ！」

リディヤにあっさりと打ち消された。

「――ありがと♪　すぐに覚えるわね」

「……ゆっくりでいいよ」

「あんたの考えてくれる技や魔法を覚えるのは私の最優先事項よ？　四年前からね」

「御嬢様の仰せのままに」

視界の外れに、パオロさんに届けてもらった鋏が目に入った。

特別に許可も貰ったし、アトラが帰って来る前にリディヤの髪を整えないと。

「旧聖堂には何時行く？」

「んーと……十日後。再来週の炎曜日ね」

「？　君の誕生日に？？」

リディヤは僕よりも、数ヶ月だけお姉さんなのだ。

上半身を起こし満面の笑み。胸元から大人っぽい黒の下着が覗いた。

「そ。異論反論は認めないわ。ああ、大丈夫よ。開いているのは確認済み。戦時でも開けるんですって。凄いわよね？」

「……君が行きたいなら行くよ、何処にでも」

大丈夫。バレてない……筈。

リディヤの細い手が伸びてきた。妖艶な表情。

「少しは下僕の心がけが分かってきたじゃない。感心、感心。御褒美に、年上の綺麗なお姉さんが頭を撫でてあげる。嬉しいでしょう？　……下着も新しくしたの。嬉しい？」

「……ぐぅ」

「ふふふ♪」

頭を抱きかかえられ、なされるがまま。水都に来てから敗戦続きだ。

――アトラ達の近くを飛ばしている魔法生物の小鳥が反応した。

『水竜の館』近くの路地から、認識阻害魔法を使いつつ様子を窺(うかが)っている薄青髪の少年とお付きの少女を、幼女が見つめている。

僕は公女殿下を抱きかかえ、ソファーを下りた。

「よっと」「きゃっ」

腕の中で、顔を真っ赤にして小さくなっている僕の御嬢様へ提案。

「アトラが帰って来る前に、髪を整えようか？」

「――……うん」

床に布を敷いて、エプロンを着けたリディヤを木製の椅子に座らせ、髪を水魔法で濡(ぬ)らしていく。

「これ、何で切ったのさ？　短剣？」

「……おぼえてなーい」

絶対覚えている。話したくないようだ。

「……僕のせいだし強くは言わないけど、折角、綺麗だったのに……」

「なによぉ。今の私は綺麗じゃないわけー?」

足をぶらぶらさせながら、リディヤが甘えてくる。

王都を抜け出して以降、ずっとアトラがいたし、二人きりになった時間が少なかったからかもしれない。髪へ鋏を入れる。

「客観的に見て綺麗だと思うよ。髪留めも可愛いよね」

「さいしょの単語はいらないでしょぉ。……また伸ばすわ。髪留めもつける?」

「自分で決めるように。会った時みたいに『長いと面倒』とは、もう思わないだろ?」

「今でも面倒よ。自分だけなら短くするわ。でも――」

リディヤは、それはそれは幸せそうに微笑んだ。

窓から夕陽が差し込み、水に濡れた紅髪が煌めく。

「あんたが長い方が好きならずっと長くする。私はそうしたいの」

「………………そっか」

「そうよ♪」

髪を整え終わり風魔法で切った髪の毛を飛ばし、一通り確認。

——切るのは久しぶりだったけど、上手くいった。

箒で掃除をしつつ言っておく。

「伸ばすにしても、僕以外に髪を切ってもらえるようになりなよ？　昔は、リサさんやアンナさんに切ってもらっていたんだろ？」

「今はあんたがいるじゃない。それにそんなこと言っていいわけぇ？　本当にぃ？」

布をまとめ、リディヤの首からエプロンを外す。

少女は髪留めを前髪につけ、立ち上がり振り向いた。首のネックレスが煌めく。

「仮にそうなったとしてよ？　私の髪を切るのは知らない男かもしれないのよ？　あんた、受け入れられるの？？」

リディヤの髪に知らない男が触れる。

………想像してしまった。

背を向けて道具を纏め、ベッド近くの脇机の上に置く。

「さ、夕食はなにかなー。今晩も美味しいといい、わっ！」

軽やかな跳躍音。リディヤが僕をベッドに押し倒してきた。

「そんな顔しなくても大丈夫よ。あんた以外の男に髪を触られるなんて……想像しただけで気持ち悪い。良かったわね、私を独占出来て♪」

「…………僕は何時、君の育て方を間違えたんだろうね」

顔を上げた紅髪の美少女と視線を合わせる。

目を閉じて、囁くようなリディヤの告白。

「――何も、何一つも、間違ってないわよ。あんたと出会わない世界なんか、そんなものは存在し得ないし、存在させない。たとえ、あの日――……王立学校の入学試験で出会わなくても、私はあんたを見つけた。世界の果てにいたとしても。だから、こうなるのは必然なのよ。理解した？　理解したなら返事を……して？」

気恥ずかしくなり、頬を掻く。

「……ほんと、君は困った公女殿下だなぁ」

「返事がちーがーうー」

ぐりぐり、と頭を僕の胸へ押し付けてくる。

僕は整えたばかりの紅髪を手で梳いた。

「確かに……そうかも、ね」

「だんげん、しなさいよねぇ。二度と、絶対、絶対、ぜーったいっ、離さないから。今度会ったら、あの憎らしい『勇者』が相手でも、斬って、燃やして、泣かしてやるわっ！」

「アリスをかい？　大きく出たね」

「問題ないわよ。だって――」

リディヤが腕の中で四年前と変わらず無邪気に笑う。

「あんたが隣にいてくれる限り私は無敵だもの。誰にも、誰にも、負けないわ」

＊

入浴し、私服に着替えたリディヤを椅子に座らせ髪の毛を乾かしていると、扉がノックされた。アトラ達が帰って来たかな？

ホテルの近くまでは小鳥で確認したんだけど。

「開いています」

ゆっくりと扉が開き、入って来たのはサキさんだけだった。

僕達の姿を確認し、深々と頭を下げてくる。

「大丈夫ですよ。アトラ達は一緒じゃないんですか？　リディヤ、乾いたよ」

「ん～」

完全に気が抜けている公女殿下へ声かけ、サキさんからの返事を待つ。

――髪の鳥羽を見ると、雨降る王都で一度だけ出会った恩人を思い出す。

リディヤが僕の左隣に立ち、サキさんが淡々と教えてくれる。

「アトラ御嬢様とシンディは……御客様と一階です。お会いになりますか？」

無表情の中に微かな戸惑い。僕は首肯する。

「リディヤ」「誰だか分かっているんでしょう？　好きになさいよ」

間髪入れない返答に肩を竦める。

そもそも、僕達を訪ねて来る相手は水都に多くはない。

「会います。案内してください」


「やぁ、こんにちは。ニコロ君」

一階のカフェで僕を待っていたのは、大図書館で出会った薄青髪の少年と、水色を基調としたメイド服の美少女だった。

僕を見つけ、挨拶をしてくれる。

「！　こ、こんにちはっ、アレンさん。ご、ごめんなさい……どうしてもお話がしたくて、泊まられている先を家の者に探してもらいました。そうしたら、その小さな子に見つかって……あ、この子は僕の世話をしてくれているトゥーナです」

「――トゥーナと申します」

白金髪に翠目で長身。耳は尖っていないけれど、この魔力、エルフの混血かな？

「アレンです。今日は――」「アレン、リディヤ、あまいの♪」

シンディさんの膝上に座り紫頭巾を被っているアトラが、買って来た紙袋を嬉しそうに見せてきた。

「ありがとう、アトラはいい子だね」「買い物が出来て偉いわ」

「♪」

「シンディさん、サキさん、ありがとうございました」

「いえ」「と～っても、楽しかったです☆　突然、アトラ御嬢様が走り出されて、この方達を案内されたのにはびっくりしましたけど」

トゥーナさんの認識阻害魔法は完璧に近かった。

けれど、アトラはあっさりと看破した。……『匂い』か。

僕とリディヤがアトラを挟んで座ると、リンスターのメイドさん達は後ろへ。

緊張した様子の少年に話しかける。対岸の建物の窓が夕陽を反射した、

「今日はどうしたんですか？」

「は、はいっ！」

ニコロ君は隣の椅子に置いてあった分厚い古書をテーブルの上へ置いた。

――**『魔王戦争秘史　上』**

「読み終わったので、感想をお伝えしに来ましたっ！」

僕は驚愕。専門家でも手子摺る旧帝国語の古書を僅か数日で⁉

「…………これを、もう？」

「凄く面白かったです！　下巻も読みたくて探したんですけど、ありませんでした……。目録上は存在していて、大図書館の蔵書には全て感知魔法が組まれています。持ち出されたとは思えないんですが……」

少年は表情を曇らせた。不思議な話だ。

「アレン♪」

幼女が紙袋を差し出してきたので開けてやり、花の形をした焼き菓子を取り出す。

小皿に幾つか取り分け、サキさんへ残りを渡す。

エルフの美少女へ尋ねる。

「ニコロ君は、何時もこれ位の速度で古書を？」

話しかけられるとは思わなかったのか、何度も頷く。

「は、はい。ニコロ坊ちゃまは熱中されると、半日以上読み続けられます」

「……なるほど」

王立学校の図書館で、よく見かけた薄青髪の同期生を思い出す。

――膨大な潜在魔力といい、血は争えない、か。

僕は置かれていたメニューをニコロ君へ差し出した。

「遠慮せず好きな物を頼んでください。感想をじっくり聞きたいと思います」

*

「――つまり、この本は従来の『魔王戦争史』と大きく異なり、『流星』の副官でありながら謎が多かった『三日月』の手紙を基に書かれているんです！」

目の前でニコロ君が熱弁を振るっている。

アトラが買ってきてくれた焼き菓子は食べ終え、紅茶のお代わりも飲み終えた。

窓の外では、ホテル前の通りや大運河が雨に濡れている。

途中まで一緒にいたリディヤは、メイドさん達を連れて一旦部屋へ戻っている。

待たせ過ぎたかな？

──窓の外。闇夜の中、傘も差さずに此方を窺っている男の姿が見えた。

あの身のこなし、一般の住民ではない。

僕は、膝上ですやすやと眠っているアトラを撫でながら少年へ話しかけた。

「興味深いですね。僕も『魔王戦争史』は読みましたが……内実を赤裸々には書いていませんでした。投降した魔族の話まで書かれているとは。筆者は誰なのか分かりますか？」

「……具体名は。ウェインライト王国のコールハート伯爵家の人なのは確かなんですが。下巻を読めばはっきりすると思うので、全力で探してもらっています!!」

興奮した様子の少年の隣に座り、機を見計らっていたトゥーナさんが注意を喚起。

「坊ちゃま、そろそろ御屋敷に戻りませんと……定期船が……」

「……え？　も、もう、そんな時間？　ど、どうしよう……」

帽子を被ったリディヤ達がカフェに戻って来る。シンディさんの手には傘。

何気ない口調で提案し、質問。

「今日はこのへんにしておきましょうか。ニコロ君の家は何処にあるんですか？」

「え？　あ……ち、中央島に……」

「定期船乗り場まで送りますよ。──リディヤ、良いよね？」

「構わないわ。サキ、シンディ、アトラを」

「畏まりました」「は～い」

寝ている幼女を二人のメイドさんへ託す。

次いでリディヤが自然な動作で僕に上着を着せてきた。

戸惑うニコロ君とトゥーナさんを促す。

「ほら、行くわよ──傘は貸してくれるわよね？」

「こちらを」「どうぞ、お使いください。御坊ちゃま、御嬢様」

準備していたパオロさんと男性従業員が、傘をニコロ君達へ手渡す。

「は、はい……」

少年少女はぎこちなく頷き、傘を受け取り、出口へ。

僕はリディヤへ囁いた。

「……監視されてる。相手は不明」「──ん」

相方は小さく頷き僕から離れ、メイドさん達に指で合図。外へ歩き出した。

その場に残った僕はポケットから折り畳んだ紙を取り出し、差し出す。

パオロさんが怪訝な顔になる。

「これは……？」

「ピルロさんという御老人に渡してください」

目を合わせ、くすり。

「内容は──此度の戦役の落としどころ、その私案です」

「⁉ ……あ、貴方様は、も、もしや、全てを御存知の上で……？」

「紹介いただいたカフェで、御老人からアトラに飴玉をいただきました。貴方へお渡しした方が早いでしょう？」

背筋を伸ばし、パオロさんが深々と頭を下げてきた。

「……申し訳ございませんでした」

「僕は何も知りません。このホテルが水都諜報部門の出先機関であることもです。偶々僕等がやって来ただけ。ではよろしくお願いします。サキさん、シンディさん、後程」

「行ってらっしゃいませ」「はーい。お気をつけてー」

「………」

パオロさんは姿勢を変えぬまま、僕等を見送った。

雨が降る大運河沿いの通りを、僕達は傘を差して歩いて行く。

魔力灯が瞬き始め、ぼんやり水都を照らし、幻想的だ。

先を進むニコロ君は何度も振り返り、

「あ……え、えっと……」

同じ傘に入っている僕とリディヤを見て赤面しながら、視線を戻してしまう。

「こ、こっちが近道なんです」「少し暗いのでお気をつけください」

ニコロ君とトゥーナさんが小道を曲がった。僕はリディヤに目配せ。

──来るなら、そろそろ。

ひっそりと王女殿下直伝の戦術用広域補助魔法を発動しておく。

石畳の小道を進み、人気のない橋を渡っていた──その時だった。

僕達の前後を、外套を纏う男達が封鎖した。手には細剣や短杖を持っている。

「な、何ですか、貴方達は？」「坊ちゃま、お下がりくださいっ！」

ニコロ君が動揺する中、傘を放り出しトゥーナさんは懐から短剣を取り出した。

先頭の男が僕を見る。

「……お前達に用はない。その少年を渡してもらおう」

おや？　僕はリディヤと顔を見合わせた。

——目標は僕達じゃない。

「嫌だ、と言ったら？」

「明日の朝陽を拝めなくなる」

先頭の男が片手を挙げると、残りの男達が一斉に水属性魔法を展開し始めた。

顔を蒼褪めさせ、震えながらもニコロ君が叫んだ。

「ア、アレンさん、リ、リディヤさん、逃げてください！　狙いは僕です！　貴方達なら、逃げることくらい——」

「いいよ、リディヤ」「ん〜」

傘を差したままの僕の指示を受け、紅髪の公女殿下は右手を振った。

『っ！？！』

瞬間——襲撃者達の頭上に無数の炎槍が顕現。

一歩でも動けば容赦なく降り注ぐだろう。

リディヤが不満そうに呟く。

「……腹黒王女の補助魔法なんて、受けたくないんだけど？」

僕達の同期、シェリル・ウェインライト王女殿下が得意とするのは光属性魔法。

今、僕が使ったのは学生時代に彼女から習った、光属性中級魔法『光帝神図』。

効果範囲内の攻撃魔法命中率を大幅に向上させる補助魔法だ。

シェリル曰く――『頭の中に地図を思い浮かべて、そこへピンを打っていくの』。

先頭の男を揶揄する。

「要人襲撃を行うのであれば、もう少し静謐性を高めた方が良いと思いますよ？」

「くっ！」『！』

男達は見るからに動揺。

これなら――鈍い光を放ちながら、数本の線が空中を走ってきた。

すぐさま、リディヤの炎槍が迎撃し、灰色の『鎖』を焼き尽くす。

「！　だ、誰だっ！　攻撃命令は出していないぞっ！」

隊長格の男が慌てふためき、男達を見渡した。

集団の中ではなく、周囲の建物から魔力が転移していく。

「……聖霊教異端審問官、か」

「面倒な連中が入り込んでいるみたいね。サキ、こいつ等を拘束しておきなさい」

「畏まりました、リディヤ御嬢様」

『!?』

反応する間もなく、水路から無数の黒鳥が襲撃者達に襲い掛かり――やがて消える。

後方にいたのは、大きな白傘を差しているサキさんだった。

……流石はリンスター公爵家メイド隊第六席。怒らせないようにしよう。

メイドさんへ会釈し、前方で呆然とした様子の少年へ向き直る。

「さて、ニコロ君――君の姓を教えてくれるかな?」

「……はい」「……坊ちゃま」

不安そうなトゥーナさんに頷き、まだ少し蒼褪めている少年は口を開いた。

「僕の姓は『ニッティ』――ニコロ・ニッティと言います。現在、水都副統領を務めている、ニエト・ニッティの次男です」

第4章

「落ち着きましたか？」

「……はい。アレンさん」

僕の問いかけに対し、椅子に座り、紅茶のカップを両手で持つニコロ君は力なく頷いた。

そんな幼い主を、トゥーナさんが心配そうに見守っている。

襲撃者を退けた後、僕達は『水竜の館』へ取って返してパオロさんへ状況を説明し、自室まで戻ってきた。アトラはサキさんに託し別室。シンディさんは――捕虜の尋問中。

四階の各所では、リンスターのメイドさん達が警戒をしてくれている。

窓の外の水都は雨に打たれ、視界が利かない。

ニコロ君が頭を下げてきた。

「改めて……助けていただき、有難うございました」

「気にしなくて」「私は気にするわ」

窓際の壁に背中を預け、腕組みをしていたリディヤが僕の言葉を遮った。

薄青髪の少年を睨みつける。

「ニコロ・ニッティ？　だったかしら？　あんた、どうして襲われたの？」

「……それは」

「『ニッティ』は侯国連合でも古い歴史を持つ名家。しかも、今の当主は副統領。そこの子息が水都内で拉致されそうになる——相手の中には聖霊教の連中もいた。私達は此処へ観光しに来たのよ？　コップの中の嵐に微塵も興味は、むぐっ」

僕は御機嫌斜めな公女殿下の口元を押さえた。

目で『離しなさいよっ！』と訴えられるも無視。

「幼気な少年を虐めない——自己紹介をしておきましょうか？　でも」

僕は薄青髪の少年へ片目を瞑った。

「ニコロ君は僕達が誰かを知っていますよね？」

「！」「……ニコロ坊ちゃま」

混血エルフのメイドさんが心配そうに少年へ寄り添った。

「大丈夫……大丈夫だよ、トゥーナ。……大丈夫」

少年はトゥーナさんの手を借りて立ち上がり、僕達を見た。

『剣姫(けんき)』リディヤ・リンスター様と『剣姫の頭脳』のアレン様。数々の武勲を挙げられてきた、ウェインライト王国の――いえ、大陸の次代を担(にな)われる新時代の英雄様方。御目にかかれて、大変光栄です」

「！」

僕は驚き目を見開いた。てっきり、分かっているのはリディヤだけだと。

手を叩(たた)かれたので口から手を外すと、肩と肩とを合わせ自慢気。……何でさ。

「僕を知っているなんて、驚きました」

「……兄が貴方方に注目されていて、よく王都から手紙をくれたので」

「へぇ」「ふ～ん」

……意外だ。

リディヤに肘打ちされたので、咳払(せきばら)い。判明した事実を伝達する。

「こほん――シンディさんが先程の襲撃者の一人に魔法で『聞いて』みたところ、南部六侯国の一角、カーニエン家に仕えている方だったそうです。武装にも『黒薔薇(くろばら)と細剣』の紋章が刻まれていたので間違いはないと思います。心当たりはありますか？」

侯国連合を構成している、南北侯国と侯王の血筋を持つ家々の家紋は大陸でも有名だ。

南部であれば『黒薔薇』。北部であれば『白薔薇』。

侯王の血筋の家ならば――かつて、水都でのみ咲いていた『青薔薇』。

これらにそれぞれの家祖が得意とした武器等を加えたものなので、判別し易い。

「カーニエンの……？　いいえ、まったく……」

ニコロ君は本気で困惑し、トゥーナさんを見た。

美少女メイドもまた同じ表情。少年が自分の考えを述べる。

「リンスターと開戦以降、連合内と水都の裏側で動きがあったのは知っています。でも……僕を攫ったとしても意味がありません。無価値です」

「と、言うと？」

「ニコロ坊ちゃま！」「いいんだ、トゥーナ。ありがとう」

ただただ、彼の身を案じている様子のメイドさんを手で制し、少年は淡々と告げた。

「僕は庶子なんです。人質の価値はないかと。……一族の御荷物扱いですし」

古書の話をしていた時とは異なる、老人のような諦念の瞳。

頭を下げ真摯に謝罪する。

「申し訳ない。話し辛いことを聞いてしまいました」

「い、いえ、ある程度の身分なら、誰でも知っているので……」

「……解せないわね」

リディヤが口を挟む。

「だったら、連中は何であんたを狙ったの？　うちとの関係に対し意見の相違があって、あんたが庶子だろうと、同格である侯爵家の人間を拉致するなんて……正気の沙汰じゃない。カーニエン侯爵は馬鹿なのかしら？」

「カーライル・カーニエン侯は水都の魔法学院を御卒業された後、先代侯爵の御令嬢と御結婚。侯国を継承し、内政でその才を示された、と聞いております」

トゥーナさんが詳しい説明をしてくれる。

水都の魔法学院は古い歴史を持つ大陸有数の名門だ。

カーニエン侯爵は何かしら理由があって襲撃を行った筈——ニコロ君達に確認する。

「さっき『アトラに見つかった』と言っていましたよね？」

「は、はい」「十分な距離は取って、魔法を発動していたのですが……」

「リディヤ？」

意味を察し、公女殿下は右手をひらひらさせた。

大精霊『炎麟』の紋章はない。

「寝ているわ。アトラに聞く方が早そうね。あと——来るわよ」

「みたいだね」

「……え？」「坊ちゃま、お下がりください！」

戸惑うニコロ君に対し、トゥーナさんは幼い主人の前へと回り込んだ。

廊下から激しく歩く音が聞こえ――扉の前で止まる。

ゆっくりと開いていく中、忠告。

「武器を持って入ってくるのならば、僕達は侯国連合を敵と見なします。でも……そんなつもりはないのでしょう？」

「……愚問だ。我等は恒久の平和を希求している。戦争なぞ儲からん」

低い声がし、扉が完全に開いた。

ずかずかと部屋に入ってきたのは、険しい顔の男。

年齢は僕やリディヤよりも上。二十代前半だろう。

やや長い白髪交じりの薄青髪。眼鏡の奥の目は僕を鋭く睨みつけている。

外套を羽織っているが、髪は乱れ、ぐっしょりと濡れていた。

ニコロ君が息を呑んだ。

「……どうして？」

彼からすると男が現れたのは意外な出来事のようだ。

……相変わらず不器用、か。

僕はわざとらしく聞く。

「ニコロ君の兄君と御見受けします。御名前を教えてくださいますか？」

男はますます苦々し気に顔を顰める。

僕が名前をわざと聞いたのを理解しているのだ。

吹雪の如き口調で名乗った。

「……ニケ・ニッティだ。『剣姫の頭脳』と『剣姫』。全て説明してもらうぞ」

込められているのは強い敵意と嫌悪。王立学校時代を思い出すなぁ。

僕が内心で苦笑していると、ニコロ君が身体を震わせながら叫ぶ。

「あ、兄上！　お、御二人は僕を助けて――」

「黙れ、愚弟！　貴様の意見など聞いていない。早く屋敷へ戻り、大人しくしていろ。トゥーナ、貴様の監督責任だぞ。我が家とソレビノに拾われた恩、忘れたかっ！」

「……も、申し訳ありません」

「ト、トゥーナは悪くありません！　全ての罰は僕が受けますっ！」

「……いいか？　あまり私を怒らせるなよ……？」

ニケの身体から怒気と魔力が噴き上がり、魔法式を展開。室内を圧した。

「ひっ！」

少年が身体を震わせ、椅子にへたり込む。

時間もそんなにないので僕は指を鳴らし、魔法式を分解。

「――!」「……ちっ」

ニコロ君とトゥーナさんが驚き、ニケは舌打ちした。

「トゥーナさん、ニコロ君は疲れてしまったみたいです。パオロさんには伝えてあるので、隣の部屋で休ませてください」

「え? は、はい」

「貴様! 何の権限が――っ!?」

リディヤが一瞬でニケの後方に回り込んだ。反論を許さぬ口調で命じる。

「――あんたは魔力で私達を威圧した。別に私は敵対してもいいのよ?」

ニケは歯を食い縛り、黙り込んだ。

トゥーナさんへ目で合図。

「は、はい!」

美少女メイドは震えている自分の主と共に、部屋を出ていった。

――扉が閉まったのを確認し、静音魔法をかけ直す。ニケへ忠告。

「今から彼等をニッティの屋敷へ戻すのは危険です。夜が明けるまでは、留まるのが無難だと思いますよ？　──勿論、貴方も」

「…………」

暫しの沈黙。自分の持っている情報と状況とを合わせ、考え込んでいるのだろう。

やがて──ニケの額に皺が浮かんだ。辛うじて絞り出す。

「……此処は水都。都市内で血を流すのは禁忌だ」

『水都内での戦闘行為は原則これを禁ず』

千年近く前に定められ、今となっては禁忌へと変貌した規則、と書物で読んだ。

左手を振り、ホテルの周囲を警戒させている魔法生物の小鳥達と情報共有。

雨に構わず暗闇の中を移動する武装した集団の影。

「けれど──既に有事のようです。つけられましたね」

「囲まれてるわよ？　数はざっと、百ってとこかしら」

「っ⁉」

僕とリディヤの指摘にニケは絶句。自分の失態に歯軋りした。

──言葉や態度は厳しくとも、この人は弟さんを大事に想っている。

嬉しくなり、リディヤを茶化す。

「惜しい。百七人だね。使っている魔法式がさっきと同じだから、カーニエン侯爵家の部隊だ。今のところ聖霊教異端審問官はいない」

「ほぼ当たってるじゃない。私の勝ち！」

「何時の間に、勝負ごとになったのさ？」

呆然としている次期ニッティ侯爵を放っておき、リディヤとやり合う。

「……貴様等……貴様等は……………しかも、聖霊教異端審問官、だと……？」

ニケは言葉を続けられず、僕達を睨みつけるのみだ。表情を引き締める。

「敵の狙いは——ニコロ・ニッティ。もう少しで突入してきます。本来、このホテルも中立地帯なんでしょう？　にも拘わらずこんな強引な行動を起こす。彼等は焦っている。表向きはリンスターとの講和の道筋が見えてきたから。けれど……此処まで血眼になるのは異常です」

「………………どうするつもりだ？」

僕は肩を竦めた。

「かかる火の粉は払いますよ。聖霊教の人達には聞きたいこともありますしね」

＊

「ねぇー」

魔法生物の小鳥を増やしていると、ソファーでだらけ、クッションに埋(うず)もれているリディヤが話しかけてきた。

ニケは『……パオロと話す』と言って出て行った。部屋には僕等しかいない。

外の雨は少しずつ強くなってきている。

奇襲をしかけるには絶好の夜だな。

「ちびっ子とエルフメイドはともかく……あの男は信用出来るわけ？」

「君はどう思う？」

「質問に質問で返すの、きんしー」

不満と拗(す)ね混じりの呟(つぶや)きを漏らし、自分の隣を叩(たた)いた。

カーテンを閉め隣に座ると、紅髪(あかがみ)公女殿下は僕のお腹(なか)に抱きついてきた。

「こらー」「やる気の充塡が必要なのっ！　撫(な)でて！　撫でて‼　……撫でろ」

……この子は。

　頭を優しく撫でると、リディヤは満足気に頬を緩めた。

「……緊張感がないんじゃ？」

「肩の力が適度に抜けているだけよ。質問の答えは？」

　リディヤが身体の向きを変え、僕を見た。素直に答える。

「戦時下。しかも芳しくない戦況。副統領を務めているニッティの嫡男ともなれば、多忙極まる筈だ。なのに――……弟さんの危機を聞いて彼は来た。仕事を全て放り出し、傘も差さず、髪を乱し、礼服を濡らしてまで。さっきの魔法を見たかい？　怒りながらも、ニコロ君とトゥーナさんを巻き込まないよう、細心の注意を払っていた」

　政治という、ドロドロとした世界に身を置いてもなお、彼の本質は王立学校時代から変わっていないようだ。断言する。

「ニケ・ニッティは信用に足る人物だよ。彼は何が一番大事なのかを知っている」

「…………ふ～ん」

　リディヤは拗ねた表情を浮かべた。

　そして、僕の頬に手を伸ばして摘み、唇を尖らす。

「名ばかりの同期生を随分と褒めるのね。……私のことは褒めないくせにっ！」

　当時の僕達と彼との間に接点はなかった。リディヤは話したこともないだろう。

僕だって、話したのも卒業式のあの瞬間だけ。

けれど――僕は覚えている。彼を。彼の言葉を。

『他者から受けた恩を忘れてはいけない』。はい、父さん。

紅髪をゆっくりと梳く。

「……褒めてるつもりだけどなぁ」

「たーりーなーいーのー。……ねぇ、立って？」

言われるがまま立ち上がると、頭を胸に押し付けてきた。

「――……あんたが信用するなら、私も信用するわ。でも、敵対行動をしたら容赦はしない。私はあんたの……アレンだけの『剣』だから」

「何万回でも言うけど、僕は褒めたら嬉しそうに笑う公女殿下の方がいいな」

「公女殿下、きんしー」

視線を合わせ、笑い合う。そこに恐れは微塵もない。

丸テーブル上の懐中時計をリディヤへ手渡す。

――温かい父の魔力。

表蓋の中には守りの札が埋め込まれているのだ。

「水都の内部情勢は混沌としてる。……だけど」

「聖霊教の連中の狙いはニッティのちびっ子ね」

僕は頷き、自分の懐中時計も手に取る。

状況を鑑みるに、ニコロ君はアトラのような存在との親和性が高い。

つまり、そこから推測される答えは……。

「何かの儀式の媒介材料としての『彼』を欲している。カーニエンはともかく、聖霊教異端審問官ならその手の外道を平気でするだろう──『篝狐』も渡しておくよ」

空間から魔剣を取り出し、リディヤへ。

僕も魔杖『銀華』を手にする。右手の指輪が光を放った。

魔剣を受け取った紅髪の公女殿下が表情を引き締め、離れる。

「……私もアヴァシークでやりあったわ。でも問題はないわよ。だって」

リディヤはその場でくるり、と回転し嬉しそうな笑み。

「私の隣にはあんたが、あんたの隣には私がいるのよ？　負けると思う？」

頬を掻く。こういう所が敵わないのだ。

「……不思議だね。前はもう少し戦うのを怖がっていたんだけど、今は平気だ。ほら？

僕って非力な平和主義者だしさ」

「――バカね」

ずいっと、近寄り、人差し指を僕へ突き付けてくる。

「もう少しカッコいい言葉を言う場面でしょう？　はい、やり直し！」

「…………はぁ」

嘆息し、リディヤの前で片膝をつく。

騎士が姫にするかのような宣誓。

「――リディヤ、君が隣にいてくれるからこそ、僕は勇気を振り絞れる。ありがとう、僕の隣にいてくれて。心からの感謝を。僕等は未熟だけど」

顔を上げ幸せそうな少女へ誓う。

「二人なら無敵だ。僕はそう強く信じている。きっと、君よりもね」

手を引かれその場に立ち上がると、リディヤは僕の胸の中へ飛び込んできた。

耳と首筋を染めながら、少女は小さく呟く。

「――……及第点にしといて、あげるわ」

「それはどうも」

背中に手を回し——魔力の繋がりを強くする。

リディヤが身体を揺らし、上目遣いに僕を見た。

「……キス、は？」

「ダメです」

「ケチーっ！　水都にいる間に絶対襲ってやるんだからっ！」

「御戯れが過ぎます、リディヤ・リンスター公女殿下」

「ふんだっ！　……動きやすい服に着替えるわ。シンディを呼んでくれる？」

苦笑しながら手を離し、部屋の入り口へ向かい——振り返り、名前を呼ぶ。

「リディヤ」

「んー？」

何でもないかのように約束をする。

「とっとと片付けて、誕生日は旧聖堂へ行こうね」

「——……うん」

僕の御嬢様ははにかみ、恥ずかしそうに頷いた。

廊下に出て、隣の部屋をノック。

「はーい」「アレンです」

吹き抜け部分からニケの声が聞こえてきた。増援を呼ぼうとしているようだ。

手に布を持ったシンディさんが顔を出す。『お話し』は終わったようだ。

「アレン様♪　どうかなさいましたか？」

「リディヤが着替えを手伝ってほしいそうです」

「了解です♪　どうぞ」

部屋の中に入ると、ソファーでサキさんがアトラを膝枕していた。

シンディさんが両手を合わせた。両腰には漆黒の鞘に納まっている短剣。

形状からして……暗殺用だ。

「えへへ♪　水都駐在の御仕事って、普段は地味なんですけど……アトラちゃんは可愛いですし、リディヤ御嬢様の御着替えを手伝うことが出来ますし、アレン様はメイド隊の噂以上に、とっても良い方ですし、ほんと役得です。ありがとうございます！」

「いえ、僕等の方が御世話になって」「――シンディ」

サキさんが同僚メイドさんの名前を呼んだ。瞳には微かな非難。

大きな声を出すと、アトラが起きる、と。

シンディさんは『ごめん！』と謝る仕草をし、僕へ会釈。

静かに扉を閉め出ていった。

ソファーへ近づき、安心して寝ている幼女を覗き込む。

美人メイドさんが静かに口を開いた。

室内には、奇襲を受けても対処出来るように幾重にも魔法障壁が張り巡らされている。

「……質問してもよろしいでしょうか？」

「僕に答えられることならば」

練達の魔法士でもあるサキさんの綺麗な瞳が揺らいだ。

幼女の髪に触れながら、問いを発する。

「どうして――会ったばかりの私達にアトラ御嬢様を託されたのですか？　危害を加える、とお考えにはならなかったのでしょうか？」

「貴女達が、ですか？　それはないですね」

「……理由をお聞きしても？」

リディヤの魔力が躍っている。シンディさんにからかわれているのだろう。

「アトラは、良き人と悪しき人に敏感なんです。貴女達にほんの微かにでも害意があれば、そんなに懐いたりしません」

雨音と遠雷。アトラがむずがる。

「加えて――僕はリンスター公爵家のメイドさん達を信頼しています。貴女方には共通して強い良識という柱がある。幼女を害そう、などとは考えたこともないでしょう？」

「…………ありがとう、ございます」

美人メイドさんが言葉を振り絞った。照れているらしく、髪の鳥羽が揺れている。

僕は名前も知らない恩人を思い出す。

「もう一つ」

サキさんが顔を上げ、僕を見つめた。

……澄んだ瞳もよく似ているや。

「王立学校にいた頃、僕は貴女と同じ瞳をした、鳥族の女性に救われたことがあるんです。……リディヤには内緒ですよ？　拗ねると大変なので」

「――……はい」

リディヤの魔力が落ち着きを取り戻した。着替え終わったようだ。

僕はアトラの柔らかい白髪を撫で、部屋を後にしようとし――

「アレン様」

鳥族の美人メイドさんは座ったまま背筋を伸ばしていた。

「貴方様は噂に違わぬ……いえ、噂を遥かに超える御方でした。私もシンディも……水都に駐留しているメイド達には皆『姓』がございません。ある者は孤児の出であり、ある者は移民であり、ある者は獣人であるが故です。——……だからこそ。だからこそっ」

——一筋の涙が頬を伝った。

「『リディヤ御嬢様の御心を救われたのは、姓を持たぬ狼族の養子らしい』——話を聞いた時、私達は歓喜し泣きました。その時に感じた心の震え……今でもはっきりと思い出すことが出来ます」

サキさんは涙を拭おうともせず、僕を見つめる。

「貴方様は王国から遠く離れた場所にいた、私達へ希望を……『姓無しでも、更に先へと進むことが出来るかもしれない』という、光り輝く希望をお与えくださったのです。それは、決して……決してっ、誰にでも出来ることではございません。どうか——そのことを御心に少しでも御留め置きください。私達、水都駐留リンスター公爵家メイド隊は、貴方様とリディヤ御嬢様、そしてアトラ御嬢様の御為ならば、命を捨てる所存です」

「……っ」

不覚にも泣きそうになり、視界が涙で滲んだ。

……こんな遠い地にも僕を評価してくれる人達がいた。

目元を拭う。

「……ありがとうございます。でも、命は大事になさってください」

「――……はい」

サキさんは美しい微笑みを返してくれた。

「何を……しているのかしら…………？」

「「！」」

突如、僕の後方にリディヤが出現した。『黒猫遊歩』で転移したなっ⁉

紅と白の剣士服に着替え、腰に魔剣を提げている公女殿下に抱えられる。

普段の服にはリンスターの紋章が入っているから、わざわざ用意したようだ。

警戒心を露わにリディヤが叫ぶ。白手袋越しに『炎麟』の紋章が明滅した。

「サキ！　こいつは絶対にあげないわよっ‼」

「！　⁉」

寝ていたアトラが目を開け、キョロキョロと見渡し、

「……♪」

僕とリディヤ、そしてサキさんを見て、再び目を閉じた。

相方を窘めようとし――小鳥達がホテル前に近づく多数の影を確認。

「リディヤ！」「ええ！」

　廊下ではシンディさんが、

「警戒態勢！」『はいっ！』

　メイドさん達へ鋭い命令を飛ばし、部屋の中へ入って来た。認識を伝えておく。

「今晩は長い夜になります。いざとなれば――僕とリディヤも打って出ます」

「その時はアトラを頼むわね。命を捨てても！　なんて考えるんじゃないわよ？　こいつのお説教、物凄く怖いんだから！」

　サキさんはリディヤの言葉に、目元を緩めた。

「……はい」「あっ！」

　サキさんが笑うのをシンディさんが見て驚き、喜ぶ。

　二人が居住まいを正した。

「アトラ御嬢様の守護は――リンスター公爵家メイド隊第六席サキ」

「同じくシンディと水都駐留メイド隊にお任せください！」

「「リディヤ御嬢様、アレン様。御武運を！」」

＊

「カーニエン侯！　これは、いったい如何なる仕儀なのです！　水都内で軍を動かすなぞ、正気とは思えませぬ。何をお考えかっ！」

眼下のホテル入り口に、ニケの怒号が轟いた。

対しているのは、濡れた軍用外套を羽織っている茶金髪の青年だ。

後方には数十名の武装した兵士達。尋常な様子ではない。

「あ、兄上……」

部屋から出て来たニコロ君は眼下の光景に顔を蒼褪めさせ、トゥーナさんは土属性の防御魔法を紡いでいる。

隣のリディヤが口を開いた。

「カーニエン……南部六侯の一人ね」

「急ごう」

公女殿下の手を取り、風魔法を発動。一階の会話を聞きながら、中央階段を下りる。

カーニエン侯が口を開いた。

『ニケ・ニッティ殿。議事堂に詰めている、と聞いていたのですが』

穏やかな口調。逆に不気味だ。

ニケから半歩後ろに控えていた、パオロさんが決然たる様子で前に進み出た。

『カーニエン侯爵閣下、当館支配人を務めておりますパオロ・ソレビノと申します。このような夜更けに……しかも、武装した者達を伴って何用でございましょうや？』

兵士達が分かり易く怯む。士気は高くはないようだ。徐々に一階が近づいてきた。

カーニエンが大袈裟に両手を動かし、説明する。

『突然の訪問は謝罪を。このホテルに外国の密偵が……しかも、国家機密を狙う危険人物が入り込んでいる、との情報がありましてね。看過は出来ないと判断しました』

『ご無体な……当館には、そのような御客様はおられませぬっ！』

体のいい言い訳を、パオロさんが一喝した。

普段見せている老支配人の顔をかなぐり捨てて、カーニエン侯へ厳しい叱責。

『昨今の国難の折、意見の相違はありましょう。なれど――』

二階に辿り着いた。もう、風魔法は必要ないだろう。

パオロさんの激しい要求が耳朶を打った。後方には従業員達が固唾を呑んでいる。

「議論に剣を用いるは、侯国連合の伝統に背くものと愚考致します。お帰りを！」

「…………ニケ殿も同意見でしょうか？」

「水都内でこのような身勝手な行動、許されるとお思いか？　我が弟を狙っての愚かしい行動ならば猶更のこと。ニッティは身内を見捨てませぬ」

「……そうか。穏便に済ませたかったが」

カーニエン侯が左手を掲げた。外套の胸元から青の礼服が覗いている。

兵士達が一斉に細剣と魔杖を抜き放ち、魔法を紡ぎ始めた。

「カーライル！　止めろっ‼　取り返しのつかないことになるぞっ‼」

ニケが礼儀正しい態度をかなぐり捨て、叫ぶ。

けれど、侯爵は冷たく兵士達へ命じた。

「――突入し、ホテル内にいる全員を拘束せよ」

『はっ！』

隊列が前へと進み、ニケとパオロさんへと迫る。

僕は相方へ片目を瞑った。

「さて――行こうか？　リディヤ」

「そうね。主役は後からだものね」

肩を竦め――僕達は二階から一階へと飛び降りた。

「なっ⁉」「っ、剣が」「馬鹿なっ！」「炎の羽⁉」「あ、足が！　う、動かないっ！」

兵士達の細剣が悉くリディヤの炎に断ち切られ、床に突き刺さる。

僕は着地と同時に氷属性初級魔法『氷神蔦』を発動。

兵士達の足を搦め捕り、動きを封じる。

後退し、魔法を回避したカーニエン侯の目に、はっきりと苦衷が滲む。

不敵に佇むリディヤを見つめ、言葉を吐き出した。

「その炎の如き紅髪。リンスターに列なる者かっ！　ニッティは既に……」

「違う」「違いますね」

ニケと僕は同時に否定。

密かに外の小鳥を通して、上層階のサキさん達へ合図をしておく。

隣のリディヤが小馬鹿にする態度で侯爵を揶揄した。

「髪の色だけで決めつけてしまうわけ？　残念ながら——人違いよ」

白の手袋を着けた右手をひらひらさせながら、紅髪の少女が名乗りをあげる。

「私の名前はリディヤ・アルヴァーン。このホテルに泊まっているただの観光客。いったいこれは何の騒ぎ？　水都では、こんな夜更けに兵士が襲撃を行う伝統でもあるの？」

「貴様っ！」「待てっ！」

部隊長らしき壮年の男が激昂しかけたのを、侯爵が制した。

「……失礼した。私の名はカーライル。カーニエンの侯爵だ。騒ぎを起こしたことは謝罪する。だが、これは侯国連合内部の話だ。大人しくしてくれれば、危害は加えない」

「そうもいかないわ。私は、あんたたちの争い事なんてどうでもいいのだけれど」

「僕達は、貴方達のお仲間が襲撃したニコロ君の知り合いでして。害されるのを黙って見過ごすわけにもいかないんです。……第一」

上層部からけたたましい轟音。

次いで硝子の破片が降り注ぎ――男の悲鳴があがった。

四階踊り場の欄干が黒鞭と鋭利な刃に刻まれ、一階へと落下してくる中、僕は苦笑。

「表で甘い言葉を言いつつ、裏では襲撃を企てる人と交渉が成り立つとは思えません」

「き、奇襲部隊がバレていたのか!? か、感知されていた兆候は……」

敵部隊長が取り乱し、兵士達は必死に拘束を解こうとする。

苦衷を滲ませ侯爵が腰の細剣に手をかけた。

「………致し方あるまい」

「カーライル、退けっ！ 貴殿でも、この二人には勝てぬっ」

ニケの必死の訴えに侯爵は構わず、細剣を抜き放った。

——水の魔力。

『篝狐』やリンスターの宝剣である『真朱』には及ばないものの、魔剣の一種か。

「……ニケ君。これは必要な行動なのだよ。統領が水都を発たれ、リンスター側と接触すれば講和はなるかもしれない。そうなれば、如何な屈辱的な講和条件であっても、多くの者達はすぐに忘れる。私達は戦い続けなくてはならない」

「馬鹿なっ！　その条件を整えることこそ、我等の責務ではないかっ‼」

ニケが眉間に皺を寄せ、必死に訴える。

——外の小鳥達が屋上テラスから侵入を図る新たな敵奇襲部隊を捉えた。

魔力の繋がりを強化しているので、リディヤとも即座に情報共有。侯爵が淡々と告げる。

「連合は変わらねばならない。その為には——今、少しの血と貴殿の弟君が必要なのだ」

「何故、ニコロなのだっ！　我が家を脅すつもりではあるまい？　水属性極致魔法を使う可能性はあっても、弟にそこまでの価値は……歴史に汚名を残すぞっ！」

「構わない。我が身を以て新たな侯国連合の礎としよう」

「くっ！」

リディヤが侯国連合内でも、有数の家柄の出である二人へ冷たく言い放つ。

「さっきも言ったわよね？　……身内の議論は好きにしなさいよ。けど」

「ニコロ君に危害は加えさせません。聖霊教と組んで何を企んでいるんですか？　貴方の思惑通りになる相手じゃないですよ、彼等は」

「…………」

カーライルの動きが止まった。瞳にはほんの微かな迷い。

僕は魔杖を一回転。

「っ！」「むぅ」『!?』

ホテル一階の扉と窓、天窓が轟音と共に割れ、無数の鎖が僕達とニケ目掛けて殺到。

「既に賽は投げ終わっているみたいですね――リディヤ！」

「ん！」

ニケとパオロさん、カーライル達が驚愕する中、僕達は敵の攻撃を迎撃。

無数の炎羽が大部分の鎖を燃やし尽くし、残りも出現した炎花に弾かれ、床を抉る。

魔杖に発動させた雷刃が虚しく、バチバチ、と音を立てた。

僕は紅く光っている右腕の腕輪を見る。

……父さん、リリーさんにどんな無茶な要求をされたんですか？

半ば呆れていると、数千の鎖を手すら動かさず迎撃してみせた我が儘御嬢様が、不満そうに腕輪を見た。

カーライルが外へ向かって怒鳴る。

「何故攻撃したっ！　誰の命令だっ‼」

「──私が、私の判断で下したのですよ」

一階の玄関扉から、冷たく人を馬鹿にしている不快な声が聞こえてきた。

姿を見せたのは、袖や縁を深紅に染め上げげたフード付き純白ローブの少女。

背は低く、ティナ達と同じくらいだろう。

その後方にはフード付き灰色ローブを着た数名の男達。

二階の窓が割れ、走る音。

鎖が吹き抜け空間を走り足場を形成。

その上に立った、片刃の短剣を持った灰色ローブの男達に、頭上から狙いをつけられる。

カーライルが険しい顔で少女の名前を呼んだ。

「…………イーディス殿」

この名前。ステラが話していた聖霊教の使徒……少女が哄笑(こうしょう)。

「もういいではありませんか？　時間の無駄です。『贄(にえ)』となるニッティは一人ですが、この男の血も役には立つ。機を逃すことは聖女様の御心に添わず！　……貴様等」

少女が僕とリディヤを見た。

――凄まじいまでの憎悪。

「聞いていたぞ？　私の前で忌々しき『アルヴァーン』を名乗るとはっ！　だが、ニッティだけでなく、『リンスターの忌み子』の血と『欠陥品の鍵』も手に入るのならば申し分ない。どうせ、生きていても世界に害為す者の血を有効活用してやるのだ。有難く思え！　貴様等の汚れた血は、聖女様によって世界へと還元されるであろう！　こやつ等を捕らえよっ！　抵抗するならば、ニッティの『贄』以外は殺しても構わんっ‼」

「………助力せよ」『は、はっ！』

異端審問官達は外套を翻しながら片刃の短剣を抜き放つ。

氷蔦を解呪した兵士達も侯爵の命を受け武器を構え直した。

――……『リンスターの忌み子』ね。

僕は魔杖を構え直し、前へ。

「あ～あ……」「パオロ、皆も動くな」「……はっ」「は、はい」

リディヤが喜び半分の呟きを漏らし、ニケがパオロさん達を手で制した。

「諸々聞きたいこともあるんですが……僕の前でその言葉を吐くのは看過しない！」

強く石突で床を突くと――ホテル全体が大きく揺れ、傾いた。

『！？！！』

床を突き破り、異端審問官と侯爵達に突如として植物の枝が襲い掛かった。
一、二階の異端審問官、兵士達を身動き一つさせず、枝に搦め捕り拘束する。
リナリアには遠く及ばなくとも、植物魔法の攻撃転用は集団に対して効果的だ。

威力もあり過ぎるから調整が必要――リディヤが指で空中を差し示した。

「逃げたわよ」

使徒は咄嗟に鎖で空中へと逃れ、枝を禍々しい黒灰光で切り裂きながら二階階段の欄干へと降り立った。

カーライルと部隊長、数名の兵士達も凌ぎきり、後退している。

イーディスの口元が引き攣った。

「こ、この魔法……まさか、魔女の……」

「――隙だらけです」

試製二属性上級魔法『天風飛跳』で少女との間合いを一気に詰め、魔杖を振り下ろす。

――けたたましい金属音。

雷を纏わせた魔杖は黒灰の盾を切り裂くも、漆黒の短剣に受け止められていた。

「っ！？！！」

呻く使徒より下の階段に着地。魔法を紡ぎつつ論評する。

「『イーディス』という名。纏っている深紅に縁どられた白ローブと手に持つのは黒に染まった片刃の短剣。黒灰光の盾も使用する少女――貴女がロストレイで骨竜を召喚し、禁忌魔法『故骨亡夢』をも使ったという聖霊教の使徒ですね？」

少女の上階段へリディヤが跳躍。

殊更ゆっくりと魔剣『篝狐』を抜き放っていく。

「使徒って馬鹿なのね。誰を一番怒らせせちゃいけないのかも分からないわけ？」

「…………」

イーディスは沈黙。

右足を微かに動かそうとし――

「～～～っ！！！！」

僕とリディヤが同時に放った光属性初級魔法『光神弾』の嵐を受け、声にならない悲鳴をあげながら、必死に黒灰の盾を生み出し耐え続ける。

――大魔法『光盾』『蘇生』の劣化版。

破片が飛び散り、視界が悪化したので魔法を止めると、一階のカーライルが叫んだ。

「…………貴殿、いったい何者なのだっ！　ただ者ではあるまいっ‼」

振り返り肩を竦める。答えは一つしかない。

「僕ですか？　単なる一介の家庭教師――」

「ウェイライト王国最高魔法士……『剣姫の頭脳』だっ！」

言い終わる前に、苦虫を噛み潰したかのような表情のニケの断言に遮られた。

カーライルが目を見開く。

「その異名……実在していたのか⁉」

「閣下、退きましょうっ！　我等だけで対処出来る相手ではありませぬっ！」

部隊長が必死の形相で侯爵の袖を引いた。外套は喪われ、青の礼服も破けている。

リディヤがニヤリ。

「少しは分かってるじゃない。どうするの？　最高魔法士さん？」

「…………はぁ」

当分の間はからかわれることを覚悟しないとな。

四階の踊り場から二人のメイドさんが顔を出した。

無骨で鋭い二振りの短剣を持ったサキさんと、黒鞭を握っているシンディさんだ。

「リディヤ御嬢様、アレン様！」「制圧完了でーす。損害ありませんっ！」

部隊長と兵士達が呻き、声を震わせる。

「！　ば、馬鹿な……」「こ、こんな短時間に……」「三十六名の精鋭を⁉」

「……これ程の差が。いや……分かっていたことだ。分かっていた上で、私は……」

カーライルは諦念を零すも――瞳に見えるのは不屈の光。

違和感を覚えながらも、風魔法で破片を吹き飛ばす。

口元を引き攣らせながらも、未だ健在の使徒へと問う。

「さて、詳しく話を聞かせてもらいましょうか」

「……くっくっくっ」

くぐもった哄笑。そこに絶望はない。

東都で交戦した狂信者レフを思い起こし、不快感が増す。

イーディスが僕を罵ってきた。

「馬鹿めっ！　予想より幾分早かったが……全ては聖女様の予言通りだっ！　我が名はイーディス！　聖女様に選ばれた栄えある使徒なりっ！　『欠陥品の鍵』如きになぞ」

「口だけ動けばいいわよね？」

「っ！」

跳躍し、放たれたリディヤの容赦のない斬撃が使徒に襲い掛かり――ホテル全体を半ば切り裂き、軋ませ、大衝撃と土埃を発生させた。瞬間暗くなる。

僕やメイドさん達は無数の照明魔法を発動。

――植物魔法で捕らえた兵士達はそのままだな。

異端審問官達は……千切れた手足が転がり、灰になっていく。

無理矢理脱出したか。カーライル達もいない。

リディヤが苛立たし気に炎羽を飛ばしながら、吐き捨てる。

「ちっ。逃げ足だけは早いわねっ！」

「転移の呪符だ。小鳥につけさせている。追うよ」

「ええ！」

リディヤはすぐさま応じ、炎翼を形成した。

ニコロ君とトゥーナさん、そして、サキさんと一緒にアトラも顔を覗かせる。

「サキさん、シンディさん。僕達が戻るまで警戒は厳に！　トゥーナさん、ニコロ君をよろしくお願いしますね。パオロさん、ニケ！　捕らえた人の措置は任せます」

「「はいっ！」」「承りました」「………」

メイドさん達が声を合わせ、パオロさんは恭しく頭を下げ、ニケは無言で僕を睨む。

「行くわよっ！」

リディヤに手を取られたので、補助の風魔法と浮遊魔法を発動。

上昇すると、サキさんにしがみつき心配そうなアトラと目が合った。

――幼女と魔力が繋がり指輪が瞬く。え？

「……アレン。こわくて哀しい鬼がいる。きをつけて」

「こわい鬼？」

僕は空中でリディヤへ目配せ。

使徒の実力は先程の戦闘で推し量れた。

『光盾』『蘇生』といった切り札も見たし、骨竜と禁忌魔法の情報も得ている。

けれど――油断はしないようにしないと。僕達は幼女へ頷いた。

「ありがとう、アトラ」「気を付けるわ」

「…………うん」

幼女へ手を振り――直後、リディヤは急加速。

天窓から闇の広がる水都へ飛び出した。

＊

夜の帳が下り、寝静まった水都をリディヤと僕は飛翔。

先程まで降っていた雨は止み、雲の合間からは禍々しい紅の月光が差し込んでいる。

『紅月の夜に外へ出てはいけない。怖い怖い魔女や吸血鬼がやって来るから』

子供の頃、父に教えてもらった言い伝えを思い出す。

大運河、蜘蛛の巣のような水路、無数の石橋、建物――中央島の『大議事堂』『海割り猫亭』、北の『七竜の広場』と図書館島。

転移呪符を使い捨てにしながら、逃げる使徒達を追い詰める。

途中分かれていくが、先程の戦闘でイーディスの魔力は把握した。逃がす恐れはない。

やがて、『勇士の島』で動きが停止。

壁と森を飛び越えると――一気に視界が開けた。

「！」

僕達は眼前に広がる神秘的な光景に息を呑んだ。

島の中心部は一面の白と黒の美しい花で覆われていた。

中央にある苔むした石造りの建物が合同墓所なのだろう。

道の所々には魔力灯が立ち、雨に濡れた花々を照らしている。リディヤが叫んだ。

「いたわよっ！」

イーディスはたった一人で、合同墓所近くの石畳の通路に立っていた。

「リディヤ！」「油断はしないわっ！」

戦場でこの公女殿下程、頼りになる存在を僕は知らない。

墓所に被害が及ばないよう、結界を張り巡らせながら広場へ侵入し、フードを深く被り動かない使徒の前へ降り立つ。

僕は魔杖を、リディヤは魔剣を構える。

「先程の続きです──話を聞かせてもらいます」

「…………」

イーディスは沈黙し、何も答えようとはしない。

警戒を怠らないようにしつつ、言葉を続け、

「東都。アヴァシーク。ロストレイ。四英海。そして──此処、水都」

雷属性中級魔法『雷神探波』と別魔法を上空に静謐発動。

──森に伏兵を潜ませている。

「貴女達の聖女様は何を企んでいるんです？　大魔法を集め、粗製乱造し、媒介となる可能性の高い名家の『血』の収集を目論み……」

敵の人数は多くない。途中で離脱した者もいるようだ。

……が、今までの各戦場で姿を見せた魔導兵は感知に引っかからない。

「大精霊を欲している理由は何なんですか？　ロストレイで貴女が告げたという目的――『聖女』の使った『蘇生』の完全復元を本気で信じているのなら正気とは思えませんが」

前方で佇んでいた少女の魔力に怒気が混じり、左頬に蛇の紋章が浮かび上がっていく。

殺意が僕を貫く。

「……黙れっ、欠陥品っ。貴様如きに、聖女様の偉大さが理解出来よう筈が」

止める間もなく炎の凶鳥が飛翔。

咄嗟に短剣を振り、百近い耐炎結界を張り巡らせたイーディスの後方に着弾。

業火と大衝撃破が巻き起こり、無数の炎羽が花々を紅く染め上げる。

――リンスター公爵家の象徴、炎属性極致魔法『火焔鳥』。

余波だけで、耐炎結界は全て吹き飛ばされている。

リディヤは使徒へ魔剣の切っ先を向け、冷たく勧告した。

「――……次、汚い言葉を口にしたら消し炭にする。こいつに悪口を言っていいのは私だけ。あんたに許可を与えたつもりはないし、予定も永劫ないわ。燃やすわよ？」

「くっ！　お、おのれっ‼」

使徒は短剣を振るい、無数に分かれた黒灰の刃を放とうとし——

「⁉　なっ……」

魔法式が凍結し自壊。僕等に届く前に消失した。

名も無き氷属性魔法で迎撃した僕は、使徒の魔法を評する。

『光盾』の劣化版ですね。ジェラルド由来でしょうか？『蘇生』の魔法式も埋め込まれているみたいですが……見飽きました。本物ならともかく、残滓を量産した物はもう効きません。四英海の奥でもっととんでもない魔法式を見ましたし」

イーディスが半歩後退りした。手に持つ短剣の切っ先を震わせながら、喚く。

「ば、化け物めっ！」

「……失礼ですね。僕は教授の研究室内で、唯一『一般人』を名乗ることが出来る男なんですよ？　そうだよね、リディヤ？」

「戯言は後にしなさい」

相方にあしらわれているその間も、潜んでいる敵は少しずつ森林内を移動。

僕達を取り囲むように布陣していく。

——リディヤとリィネがアヴァシークで経験した際と同じ、と。

迎撃の準備をしつつ、冷厳な現実を使徒に突き付ける。

「貴女では僕達には勝てません。自爆も無意味です。僕の魔法の方が速い。降伏を」

「…………」

使徒は完全に沈黙した。

身体を震わせ——


「——……くっくっくっ。アッハハハハハハハハハハハハハハ！！！！！！！」


夜の墓所に嘲笑が響き渡る。

胸元から木で作られた聖霊教の印を取り出し、見せつけながら嘲ってきた。

「馬鹿がっ！！！！　この私がっ、聖女様より使徒に任じられしこの私がっ！　何の策も用いないと思ったかっ！！！！！　ラガト！！！！」

「はっ！」『諾っ！』

四方の森から十名足らずの灰色ローブ達が飛び出してきた。

それぞれ両手に持っているのは——長距離転移用の巻物。

次々と広げると、空間が揺れ、僕達を挟むように複数の魔法陣が出現。

それらを潜り抜け、四角い兜に重鎧、大槍と大楯を持った魔導兵が現れた。

――合計十六体！

魔導兵達は大楯を前方へと突き出し大槍を構え、強大な魔法陣を構築し始める。

「貴様等は私を追いつめた、とでも思っていたのだろうな？　……がっ！」

イーディスが勝ち誇った。口元には愉悦。

この後、放ってくる魔法は――容易に予想が出来る。

「現実は異なるというわけだ。『忌み子』と『欠陥品』よ。覚えているか？　使徒になれなかった出来損ない者共から喰らっただろう？　今回は倍だかなぁ」

使徒はラガトと呼ばれた男の率いる灰色ローブ達後方へと跳躍。

短剣を掲げ合図を出した。

「八異端用戦略拘束結界――『八神絶神』二発分だ！　死ぬがいいっ！！！！」

「リディヤ、前！」「ええっ！」

魔導兵達が魔法を発動する刹那――僕は『黒猫遊歩』を発動。後ろの隊列脇へと転移。

上空から二羽の『氷光鷹』が舞い降り、魔杖に吸い込まれ、『蒼楯』となる。

リリーさんの腕輪の影響なのか、今までよりも遥かに鮮明な氷花が舞い踊る中、僕は魔杖を突き出し前傾姿勢。

地面を蹴り、二属性複合魔法『氷雷疾駆』で自らを更に加速。突撃を敢行した。

「っ！」「げ、迎――」

イーディスとラガトが魔導兵達に、命令を出そうとするも……遅いっ！

蒼き楯は渦巻く錐となり、最も防御が薄い魔導兵達の側面を強襲っ！！！！

後列の八体を打ち倒し凍結させながら突き進み――速度を緩めず広場中央へと帰還。

――背中に温かさ。

前方の魔導兵達の手から両断された大槍、大楯が零れ落ち地面へと落下。

少し遅れて本体も前のめりに倒れていき、大炎上を巻き起こした。

自然と笑みになり、リディヤを褒め称える。

「御見事！」「あんたも少しはやるようになったじゃない！」

魔力を繋げているからはっきりと分かる。

今、リディヤの心の中にあるのは――強い歓喜と安堵。絶対の自信のみ！

感情に呼応し炎羽が紅から純白へと変化。魔力が更に増していく。

対して、切り札をあっという間に蹂躙されたイーディスとラガトは愕然。

「なっ……」「じ、十六体の魔導兵を魔法発動前に倒しきった、だと……⁉」

『恐れを知らぬ』と様々な史記に記述される異端審問官達の額にも脂汗。

僕自身も、制御の難しい転移魔法に改良中の加速魔法。そこに加えて極致魔法『氷光鷹』からの『蒼槍』を超高速発動させたことで疲労感を覚え、息を吐く。

「ふう………」

「疲れている暇なんてないわよ？　それと……何で『紅剣』じゃないわけ⁉　リリーのっ！　リリーの炎花に似てたっ！　説明っ‼」

リディヤが僕へ詰め寄ってきた。必死に押し留める。

「か、貫通力は、『蒼槍』の方が上だし、花が似ているのは僕の意思じゃないって」

「………後でお説教する、わっ！」

灰光を瞬かせ再生を試みていた前方の魔導兵に対して、リディヤは振り向かないまま『火焔鳥』を叩きこんだ。白炎の中で字義通りの灰と化していく。

僕が凍結させた魔導兵達も未だ沈黙。『銀氷』由来の阻害式は完全に有効、と。

余裕を完全に失ったイーディスが喚く。

「ど、どうした⁉　は、早く再生しろっ！」

僕は魔杖を振り、新しい『氷光鷹』と炎花を顕現させ、使徒へ事実を突きつける。

「さっきも言いましたよね？　『見飽きた』と」

『⁉』

イーディス達の瞳に恐怖が見え隠れする。

炎羽と氷花の中――花々が月光で紅く染まっていく。雲が晴れつつあるようだ。

「さぁ、質問に答えていただけますか？」

風が吹き、イーディスのフードが動いた。

……想像以上に若い。ステラの話を思い出す。

使徒は、アリスさんの話だと半分狼(おおかみ)族の血を引いているんだそうです。

「…………それの何が悪い。何が悪いと言うんだっ！」

子供が駄々をこねるかのように、何度も何度も地団太を踏む。

「世界には悪い奴(やつ)が多過ぎるっ！　それを聖女様は憂い……涙を流され、変えようとされているっ！　あの御方は正しいっ！　正しいんだっ‼　本物の『蘇生』が完成すれば、世界は平和になるんだっ！！！！」

「……危険ですね」「……愚かね」

僕達は静かな口調で論評した。

『聖女』という存在は、耳障り(みみざわ)が良く、反論し難(がた)い言葉を巧みに操るのだろう。

実際に多くの人々を救ってもいるのかもしれない。

――けれど、世界はそんなに単純ではないのだ。

誰もが死なず、ただただ生き続ける。

そんな世界で人は……果たして『生』を実感出来るのだろうか？

今は亡(な)き親友がよく言っていた言葉を思い出す。

物事には限度ってもんがあると思うぜ、俺はな。ゼル……同感だよ。

イーディスは目を血走らせ、転移魔法陣を展開。後方の灰色ローブ達も転移し集結。

魔導(まどう)兵の再召喚を行うべく魔力を注ぎ込もうと手を掲げた。

「甘い」

リディヤが巨大な『火焔鳥』を顕現。前方へ襲い掛からせる。

使徒達は短剣を振るい、次々と灰黒の盾を形成。

一瞬拮抗(きっこう)するも――

「～～～っ⁉」「ま、まさか……こ、これ程っ！」

炎の凶鳥に呑みこまれる。

リディヤは後方を振り向き、

「せいっ！」

凍結している残された魔導兵を魔剣で無造作に薙いだ。

斬られた瞬間、灰になって消失。とんでもない威力だ。

リディヤが忌々しそうに吐き捨てる。

「……とっとと出て来なさい。鎮魂の場で木偶なんて斬らすなっ！」

猛火が吹き散らされ、イーディス達が姿を現した。

「ぐっ……」「お、おのれっ」『…………』

ローブのあちこちは焦げ、魔力も大幅に減っている。

イーディスとラガトには未だ戦意が見えるものの、他の異端審問官は限界が近い。

リディヤが一歩前へ進み出た。イーディス達が一歩後退する。

「あんた達の木偶の装甲にも慣れたわ。『光盾』と『蘇生』があろうが、それを上回る威力で斬って燃やせば、問題ない。…………ああ、言っておくけれど」

紅髪が更に紅く染まっていき、背中には再び炎翼。

『火焔鳥』が上空に再顕現し、魔剣へ急降下――吸収。

眩い白炎を纏わせた『篝狐』を振り、リディヤが憤怒を叩きつける。

「怒っているのがこいつだけ、と思わないで？　……私のアレンを『欠陥品』と貶めた罪、万死に値するわ。あんた達はこの場で斬って、燃やす。覚悟しなさい」

『っ！』

リディヤの魔力が更に増大し、使徒達を威圧。

もしかしたら、無意識に大精霊『炎麟』の力を引き出して——ザワリ。

「！」

首筋に悪寒が走った。

……何だ？

自然と墓所へと目が向く。

——結界を破り、誰かが出て来る。

あれだけ厳重に、かつ『銀華』まで使い発動させた感知魔法に引っかからなかった？

目を血走らせたイーディスがローブの内ポケットへ手を突っ込んだ。

「………貴様は、貴様等は危険だ。危険過ぎる。何れ聖女様へ仇なす可能性がある」

二本の硝子の小瓶を取り出し、大きく掲げた。

中身は――骨と血か？

イーディスが殉教者の表情で宣言しようとする。

「故にっ！　我等は、我が身を以て、貴様達を止めて――」

「！　リディヤっ‼」「分かって、るっ‼」

言葉を聞き終える前に、僕達は全力で空中へ退避。


直後――煌めく死の線が空間を切り裂き、花々を刈り取った。

魔力灯も全て切断され、島内は炎で照らされるのみ。

それどころか――

「も、森を切り裂いて、壁まで⁉」「……この技はアンナの」

さっきまで僕達がいた場所から先の物体は、全てが刻まれていた。

巻き上がった砂埃の中、墓所の入り口に影が見える。

何でもないかのような呟きが妙にはっきりと聞こえてきた。

「——……あら？　外れたわ？　手足の一本や二本は貰うつもりだったのだけど」

この声を……僕は知っている。

砂埃が突風で吹き飛ばされ——姿が見えた。

つばの大きな黒帽子から流れる、腰までの黒銀髪。

黒服を身につけ、左手に黒傘を持つ女性が僕を見つめてきた。

「いけない子。私は忠告したのに……悲しいわ。とてもとても、とても悲しいわ。そんないけない子には——」

雲が晴れ——血の如き紅月が姿を現し、全てを紅く紅く染め上げていく。

惨劇を作り出した女性が宣告。

「少し折檻が必要なようね」

*

「アリシア殿！」

唖然としていたイーディスが我に返り、叫んだ。

長い黒銀髪を右手で弄りながら、惨状を作り上げた女性は小首を傾げた。

「――あら？　イーディスちゃん。どうしたの？」

「どうしたのではないっ！　何故、私の召喚を妨げたのだっ⁉」

「う～ん……でもぉ……」

左頬に『蛇』の紋章を浮かび上がらせ憤る使徒に対し、女性は黒傘を畳みつつ諭した。

「そんなモノを呼び出したら――計画の全部が御破算になってしまうわよ？」

「……どういう意味だ？」

『そんなモノ』――先程、イーディスが取り出した硝子瓶の中身か。

リディヤに目配せすると、微かに頷いた。

……『血』と『骨』を媒介に『骨竜』を顕現させようとしていた、と。

女性はまるで子供を諭すかのように、イーディスへ教える。

「此処は水都。竜の加護受けし古き地。竜は寛大で慈悲深く、人なんて眼中にないけれど――」

黒傘の動きが止まった。

顔を上げ、美しい銀の瞳を使徒へ。三日月のイヤリングが煌めく。

声色が変化し、極寒の冷たさ。

「同族を利用された場合は別。今夜、この都市を滅ぼすつもりなら構わない。でも、聖女の計画だと、この都市にはまだ大事な役割があったわよね？　竜骨を用いるのは最終局面じゃないと駄目でしょう？　貴女の感情で、全ての絵が変わる覚悟と使徒称号剝奪の覚悟を持っての行動だったのかしら？」

「…………そ、それは」

イーディスが目に見えて萎縮した。

竜の特性を知り、聖霊教の使徒をも畏怖させる。

そして……『アリシア』。

伝承では銀白髪だけど、この人、もしや本物の。

女性の姿が消え、使徒の頰に触れた。ビクリ、と身体が震える。

……転移魔法じゃない。とんでもない身体強化魔法によるもの。

「ふふふ、拗ねないで、イーディスちゃん。可愛い子達は私が虐めておくわ。だから――貴女達は安心して退きなさい」

「…………はっ」

使徒達は片膝をつき――消えた。追撃したいところだけど、そんな余裕はない。

女性が振り返り、僕達を見上げた。

耳につけている三日月形のイヤリングが妖しい光を放つ。

「お待たせしたわ。貴方(あなた)達に選択肢をあげる」

右手を掲げ、一本ずつ指を立てていく。

「その一――今すぐこの場所から立ち去る。そうしたら追わないわ。見逃してあげる。私、こう見えて約束は守るのよ？」

明確に僕達を――大陸に名を轟(とどろ)かす『剣姫』さえも、格下に見ている態度。

女性は二本目の指を立てた。

「その二。私の手を取り――仲間になる。特にそっちの男の子は有望ね」

「…………」

リディヤの瞳が細くなり、剣呑(けんのん)な光を宿す。

「そして――その三」

女性が三本目の指を立てた。銀の瞳には強い強い好奇心。

「私と――大英雄『流星』唯一の副官、『三日月』アリシア・コールフィールドと戦い、少し痛い目を見てから水都を去る。これが断然お勧めよ」

『コールフィールド』？　『コールハート』じゃないのか？

「……そう簡単に、逃がしてくれると思えませんね。リディヤ」

「ええ」

衝撃と疑問を覚えながらも、僕達は広場へ降り立った。

油断なく魔杖と魔剣を構えつつ、黒服の女性へ問う。

「未だに信じられませんが――……何故ですか？　何故、貴女様程の御方が、聖霊教と手を組んでいるんです？」

伝承によれば、『三日月』は出自不明の人族。

そして、魔王戦争は今から二百年前。人ならば寿命が尽きている。

本当にこの人が――血河の会戦で戦死したと伝わる英雄『三日月』なのか？

右手の指輪が明滅している。

……危険なのは間違いないか。

アリシアがその場で踊るように回った。

「今日は良い夜よ。みんなのお墓参りも出来たし。忌々しい『礎石』のせいで、私は紅月の夜が近くならないと、水都内に入ることが出来ないのよね……」

「『礎石』？」

聞き慣れぬ単語に混乱する中、かつての英雄はただただ笑う。

「だから、私は今とても、とてもとても機嫌がいいの。うふふ……」

皮膚が粟立ち、直感も最大警戒を発する。

アリシアの身体が、ピタリ、と停止した。

「――御礼よ。少し遊んであげる」

「っ！」

背筋に凄まじい悪寒が走り、僕はリディヤの手を取り『黒猫遊歩』で超高速転移。

自動展開された無数の炎花が消失し、煉瓦造りの通路もバラバラに切り裂かれるのが見えた。

＊

「洒落になってないわね……こんな距離をいきなり跳んで、大丈夫？」

「……………あんまり、多用はお勧めしない、よ」

『勇士の島』から無理矢理、対岸の『七竜の広場』へ転移した僕は、心配そうなリディヤへ答えた。頭が針で刺されたように痛む。

そもそも転移魔法は超高難易度魔法。

跳ぶ距離が延びれば延びる程、身体への負担も凄まじい。

……学校長とチセ様のとんでもなさが分かるな。

夜の広場に人気(ひとけ)はなかった。

七本の柱の上には魔力灯が備え付けられ、一番上には見事な竜の彫像。水都最古の建造物の一つだけあって、石畳はぶ厚い。

とにかく、距離は取れた。

態勢を整えて――広場全体を血のような結界が包み込み、地面を真紅の花が覆った。

無数の紅の花弁(はなびら)が舞う。植物魔法⁉

「――ダメよ。遊ぶ前に逃げたりしちゃ」

「っ⁉」

後方から女性の静かな声が耳朶(じだ)を打ち、不可視の『線』が僕達に襲い掛かる。

右手を振り咄嗟に炎花を展開。防御するも、次々と消えていく。

「くっ！」「ちっ！」

僕達は別方向へと退避。地面を転がりながら、『天風飛跳』『氷雷疾駆』を同時発動。

機動力を確保しつつ起き上がりながら後方へ跳び、雷属性中級魔法『雷神探波』を放つ。

――見えた！

無数の弦を視認出来るようにし、回避確率を少しでも上げる。

リディヤは、魔剣と炎翼で蹴散らして無事なようだ。

右手に黒傘を持ち、左手で弦を操っている黒服の女――アリシアが小首を傾げる。

「へぇ……この技を知っているのね。凄いわ。二百年前ですら使い手はほぼ絶えていたのに。遊び代わりで面白いのよ？　基本的な対応は間違っていないし、魔法の選択と精度も的確――あら？　あらら？？」

魔杖を大きく振り、氷属性初級魔法『氷神蔦』を空間に多重発動。

僕とリディヤへ襲い掛かる弦を凍結させる。

同時に全魔法中、最速の部類に入る光属性初級魔法『光神矢』を全力発動！

「……鬱陶しいわね」

アリシアが嫌そうに左手を振り、新しい弦で光の矢を迎撃していく。

「リディヤっ！」「舐めるなぁ！」

挟むように遷移した紅髪の公女殿下は、魔剣を掲げ——一際巨大な『火焰鳥』を古の英雄に叩きこんだっ！

「あら？」

僕の魔法に気を取られていたアリシアは対応が遅れ——直撃。

広場の半ばを業火が呑み込んでいく。

けれど……僕とリディヤは確信していた。

『流星』『彗星』と共に戦場を疾走し、魔王本人と刃を交えて生き残った歴戦の勇士をこの程度で倒せる筈がない。

けど、多少の打撃を与えていてもおかしくは——

「悪くはないわ。でも」

「「！？！！」」

炎が吹き散らされ——アリシアが姿を現した。

帽子も服も傘も、何一つとして燃えていない。

リディヤ渾身の『火焰鳥』をまともに喰らい、無傷だってて⁉

黒傘を回しながら揶揄してくる。

「そんな温い炎じゃ私の肌を焼くことは出来ない。あの頃の――魔王戦争時代の『剣姫』より火力を出してくれない？」

炎羽を撒き散らし、リディヤが犬歯を見せた。

魔剣の切っ先に新しい炎の凶鳥を紡ぎながら、強い口調で否定する。

「……直撃させたわ。幾ら過去の英雄様だろうとも、無傷はあり得ない」

『火焔鳥』の炎は全てを滅する。

今まで僕達が戦ってきた怪物達――黒竜、四翼の悪魔、『針海』にも通じたのだ。

効かなかった相手は……アリシアが帽子のつばに手をかけた。

「不思議？　じゃあ――……特別に見せてあげる」

古の英雄は黒い帽子を外した。

雲が完全に――……晴れる。

天空から禍々しき紅の月光が降り注ぎ、広場を血のように染めていく。

そして……

「ま、まさか……そ、そんな…………う、嘘でしょう⁉　ど、どうして、貴女が！」

僕は狼狽し無様に声を震わせてしまった。

――アリシアの黒銀髪と銀の瞳は見る見る内に変化。

血の如き赤銀髪と緋眼。嗤うと覗く長い犬歯。桁違いの魔力。


竜、悪魔と並ぶ最凶種にして、人類にとって最悪の相手――『吸血鬼』。


かつて、僕は二百年以上の時を生きた吸血鬼の真祖と戦い……親友であり、リディヤを除けば最強と断言出来る魔法剣士だったゼルベルト・レニエを永遠に喪った。

生き残れたのはゼルが犠牲になったから。それ以上でも、それ以下でもない。

僕の悲鳴じみた問いに、黒帽子を被り直したアリシアが心底不思議そうな顔になる。

「……愚問ね」

瞳の赤が更に濃く、深くなっていく。

左手で瞳を覆い、静かに……静かに、けれど強烈な意志を示す。

「そんなの決まっているじゃない。あの人を……私だけの『アレン』を取り戻す為よ」

漏れ出る魔力だけで広場は小刻みに震え、ボロボロの柱からは石が落ち、水面が波打ち、岸壁に飛沫をあげる。

少しでも気を抜けば……魔力を喰われる。

吸血鬼は血を吸わない。人の魔力を喰らうのだ。

アリシアの慟哭が続く。

「あの人は、私の『アレン』は、あんな馬鹿な戦場で死ぬべき人じゃなかったたっ！　生きて……もっともっと、世界を良くしていける人だったたっ‼　なのに………………」

左手を外すと、頬を涙が伝っていく。

アトラの言葉を思い出す。哀しい鬼がいる。

「死んだ。死んでしまったっ！　殺されたっ！！！！！　世界で一番愚かだった……私なんかを生かす為に………………」

帽子のつばを下ろし、感情の消えた結論を突き付けて来る。

「だから――……私は人であることをやめたの」

「「………………」」

凄絶なまでの決意に相対し、僕達は口を挟むことが出来ない。

人が吸血鬼になるのは……禁忌中の禁忌。

なろうと思って魔法式を発動したとしても、その成功確率は万に一つもない。

リディヤの瞳に微かな迷い。『……私だって、アレンがいなくなったら』。

赤銀の瞳が僕を捉えた。

「私は必ずあの人を蘇らせる。そして、今度こそ……一緒にこの汚れ切った世界を救うの。今しているのは、その下準備と『掃除』かな。さぁ――」

はっきりと目で確認出来る、竜すら上回る魔法障壁。

リディヤの『火焔鳥』を防ぎ切ったのはあれか。

「どうする？　どうしたい？　狼族のアレン？　――貴方のことを、新時代の『流星』のことを、私に教えてくれる？」

……リディヤではなく、僕を知っているのか？

頭の片隅で疑問を覚えながら、必死に通用する可能性の高い魔法を考える。

「先日……『彗星』レティシア・ルブフェーラ様とお会いする機会を得ました」

「……………へぇ」

声色が一気に冷たくなった。臆しそうになる自分を鼓舞し、はっきりと告げる。

「あの御方がこの場にいたのなら、全力で貴女を止められるでしょう。『流星のアレン』も生きていれば、必ずそうされると確信します」

「……ふ～ん」

幾ばくかの寂しさ。

諦念を漏らし、アリシアは帽子を深く被り直した。

「なら——……半分くらい殺すことにするわっ！」

「リディヤ！」「分かって、るっ！」

僕が公女殿下へ注意喚起する中、吸血姫は無造作に左手を『ただ』払った。

たったそれだけのことで、凄まじい衝撃波が発生！

「っく！」

身体強化魔法や、各種補助魔法を総動員し、僕は辛(かろ)うじて躱(かわ)しきる。

射線上にあった柱の二本が崩壊し、奥の建物にも大穴を穿(うが)った。

出鱈目(でたらめ)っ！！！！

原理は単純。掌(てのひら)に魔力を集め、ただ放り投げているだけ。

にも拘(かか)わらず……

「ほらほら？　どうしたの？？　近づけもしないの？？？」

アリシアとの距離が開いていく。

僕よりも近接防御に数段長けるリディヤですら、少しずつ後退を余儀なくされる。

相方が叫んだ。

「魔法介入で崩せないのっ⁉」「無理、だっ！」

反撃で氷属性上級魔法『閃迅氷槍』を発動。

アリシアを囲むように放つも――途中で消失。

竜も悪魔も恐るべき存在だが、月夜の吸血鬼の魔法障壁はそれらを上回る。

生半可な魔法では脅威になり得ないのだ。

……しかも、

「暗号の形状を常時変化させているっ！『光盾』や『蘇生』の魔法式よりも――リディヤっ！！！！」

不動だったアリシアの身体がフワリ、と浮かびあがり――黒傘を突き出し急加速。

衝撃波を魔剣で断ち切ったリディヤに突進。

攻撃魔法による援護は――駄目だ。間に合わない。

僕は腕輪に魔力を注ぎ込み全力で炎花を生み出し、リディヤを守るよう布陣させる。

――吸血姫の口元が愉悦に歪んだ。

「！　馬鹿っ！！！！」「はい、引っかかったぁ！」

アリシアは傘を地面に突き刺すと無理矢理、方向転換した。

しまったっ！　狙いは端から僕かっ‼

――左手の手刀を躱せたのは、半ば運だった。

爪が掠っただけなのに脇腹に凄まじい激痛。

懐中時計の表蓋に父さんが仕込んでくれた、魔札が弾け飛ぶ。

「がっ！」「アレンっ――――！！！！！！！！」

リディヤの悲鳴を聞きながら、笑みを崩さない吸血姫は後方の柱を粉砕し、盛大に砂埃を巻き上げた。

埃を払いながら、膝をつき荒く息をしている僕を見て楽しそうに嗤う。

「あっま～い。自分よりも他者を守る方へ意識がいくのよね？　分かるわ。それは宿痾。治せないし、治しようもない。あの人も――あら？」

リディヤが全力で放った巨大な『炎神波』が吸血姫のいる一帯を舐めた。

更に数百枚に及ぶ炎壁が出現。

僕の傍へ字義通り飛んできた少女は、魔剣を床に突き刺すと、両手を使い全力で僕へ治癒魔法をかけ始める。

だが……二人がかりで上級治癒魔法を重ね掛けしているにも拘わらず、遅々として傷口が塞がっていかない。

対吸血姫戦最大の厄介さ。『傷口に残った魔力による治癒阻害』。

自分の情けなさに項垂れ、

「……リディヤ、ごめ」「喋るなっ！　謝るなっ！　庇うなっ！」

謝罪を遮られる。胸倉を摑まれ、半ば頭突き。

鼻と鼻とがぶつかるくらいの至近距離で言葉を叩きつけられる。

「私を見なさいっ！　今、あんたの隣にいるのは誰？　リディヤ・リンスターでしょう？　ティナ・ハワードでも、エリー・ウォーカーでも、リィネ・リンスターでも、ステラ・ハワードでも、カレンでもないっ！！！！　今まで散々経験してきた格上相手の戦い……私達がどうやって生き延びたか、今すぐ、思い出せっっ！！！！」

僕は、ハッ、として目を瞬かせた。

格上との戦いにおいて、僕達は互いを過度に庇ったりはしなかった。

リディヤは僕の胸に顔を埋めた。

「……バカ。バカバカ。大バカ。言葉だけじゃなく、実際の戦場でも、もっと、私のことを、信じなさいよ……」

「——……そうだった。そうだったね。『君を信じている』と言っていたのに、ね」

少女の肩を抱き、立ち上がる。

既に炎壁は過半以上まで突破された。

「分かればいいのよ、分かれば。……家庭教師にうつつを抜かして、一緒に戦う機会が減ってたせいか、昔の悪い癖が再発したみたいねぇぇぇぇ」

「痛っ！　痛い、痛いってっ！　怪我人だよっ⁉」

「……ふんだっ」

リディヤが容赦なく僕の胸を両拳で殴ってきた。傷がようやく塞がる。認識共有。

「月夜、しかも紅月の下、魔力が増大している吸血鬼相手に長期戦は無理だ。しかも——

彼女はまるで本気を出していない」

「魔王と直接渡り合い、生き残った魔剣士『三日月』。過去最強かもしれないわ」

状況を打開する方法は唯一つ。

紅髪の公女殿下を見ると、頬を恥ずかしそうに染め、

「……ん」

目を閉じた。微かに身体が震えている。

僕も覚悟を決め、

——リディヤに口づけをし、魔力の繋がりを限界まで強める。

一斉に無数の白羽が僕達を包み込んだ。

リディヤがゆっくりと目を開け、自分の唇に触れ、

「…………えへ」

次いでその指を僕の唇に押し付け——魔剣を抜き放った。

背の白翼は八翼となり、最大戦闘準備は万端だ。

残る炎壁が左手で引き千切られ、消えた。

「作戦会議は終わったかしら？」

炎の中を、火傷どころか何も燃えていないアリシアが進み、聞いてくる。

僕とリディヤは勢いよく返す。

「ええ！」「次は私達の番よっ！」

「ふふふ……勇ましい、勇ましい。お手並み拝見するわ」

アリシアの魔法障壁は生半可な攻撃では抜けない。
ならば──リディヤが魔剣を直上に掲げ、全魔力を集め始めた。
「勝つわよっ！」「ああ！」
即座に応じ、僕も魔杖を振るい全力で魔法を発動。
紅・蒼・翠・紫・白の魔力が荒れ狂い、
王国の四大極致魔法──『火焰鳥』『氷雪狼』『暴風竜』『雷王虎』が同時顕現。
僕の知る炎・氷・風・雷の最大魔法だ。
同時に、そう連発出来るものでもない。
相方の魔力は問題なくとも……僕自身の魔法制御がもたない。
一撃で決着をつけるっ！
僕は魔杖を振り、四大極致魔法をアリシアへ解き放つ‼
「へぇ……やるわね」
左手を無造作に突き出し、僕の極致魔法を抑えながら吸血姫が賛辞を寄越す。
広場には魔法の余波で、燎原、雪原、電光、暴風が生まれ、現実とは思えない光景をうみだしていく。

ただ、この威力の魔法を四発同時に打ち消すことは出来ないようだ。

アリシアが冷たく批評してくる。

「でも、私には効かない。隠し玉は――」

直上に待機させておいた二羽の『氷光鷹』が目標へ急降下！

「この鳥かな？」

右手の黒傘で迎撃し、貫いた二羽の鷹が姿を変え――

「⁉　こ、これは、魔女のっ！」

『剣翼持つ荊棘の大炎蛇』へと変貌。炎花も発生し、身体に絡みつく。

強大な魔法障壁を誇る吸血姫に実害はないものの、動きが鈍る。

「リディヤ！」「何時でも！」

僕は魔杖を掲げ魔剣と交差。リディヤの背中の八翼も魔剣へと吸い込まれていく。

これこそ、僕達の切り札。

リンスターの秘伝『紅剣』――その最大火力発揮！

膨大な魔力の放出はリディヤが、制御は僕が担当している。

けれど……。

「ぐっっ！」

叛乱を経てリディヤは魔力を大幅に増した。

一年近くをかけ構築に構築を重ね改良してきた制御式が、負荷に耐え切れず軋み、僕の身体にも激痛が走る。

「アレン！」

リディヤの右手の甲に『炎鱗』の紋章が浮かびあがり――アトラの魔力を強く感じた。

一気に身体の負担が消え、右手の指輪が瞬く。

僕達は自分達の全魔力を合わせ、

「「いっけぇぇぇぇぇぇぇぇぇぇぇぇ！！！！！！！！！！！！！」」

古の英雄へ向け、全力で振り下ろしたっ！

四大極致魔法と『大炎蛇』に同時対処していた、アリシアの瞳が大きく見開かれ、

「――――」

言葉を発する前に閃光に呑みこまれた。

「っ！」

僕達もお互いを支えながら、衝撃と光に耐える。

――……やがて、光が収まってきた。

「うわぁ……」

引き攣った声が自然と漏れる。

世界に冠たる『七竜の広場』は完全に崩壊し、結界と花も吹き飛んでいた。

それでも、大樹の枝を使ったという土台部分は浸水もしていない。

どうやら伝承は真実――

「……っ」

激しい頭痛を覚え、魔力の繋がりを切る。

「……大丈夫？」

リディヤが心配そうに顔を覗きこんで来た。まだ余力はありそうだが、僕は厳しい。

……これでアリシアが健在なら。

地面を踏みしめる音が聞こえてきた。

「…………」

僕達は顔を見合わせる。

――炎の中から、アリシアが埃を払いながら現れた。

黒帽子と黒傘はなく、黒のドレスもボロボロだが、身体的な負傷はない。

『怪物』

埃を払うのを止め、髪と瞳の色が戻ったアリシアは独白した。

「……お気に入りの傘だったんだけれど。迎えも来たし――今宵はここまでにしましょう。

私にもしないといけないことがあるし」

姿が霧のように掻き消え、

「！」

上空を飛ぶ黒銀の飛竜へと吸血姫は遷移。移動手段は分からない。

騎手はフード付きの灰色ローブを羽織っている。女性のようだ。

アリシアが片手を挙げ、叫んできた。

「ありがとう！　楽しかったわ。とても楽しかったわ。――……ああ、そうだ」

「っ！　リディヤ!!」「きゃっ」

水都全体を覆うかのような——強大極まる魔力の鼓動。

まずいっ！　これは、本気でまずいっ‼

直感に従い、紅髪の公女殿下を抱きかかえ、僕は全力で最後の柱へ跳躍した。

——飛竜の背に立つ吸血姫の右手には禍々しい揺らめく漆黒の長剣。魔王の剣⁉

「貴方達は面白いものを見せてくれた。私も返礼をしないと、ね」

単純な横薙ぎから放たれたのは半弧の斬撃。

たった、それだけで——

「「っ！？！！」」

『七竜の広場』の北方部分が、土台ごと真っ二つにされ海中へと沈んでいく。

言葉も出ない僕達へ——黒剣を虚空へ仕舞った古の英雄が、厳しさと寂しさが入り混じった声を投げかけてくる。

「三度目はないわ！　明日にでも水都から去りなさい。……私に可愛い子達を殺させないで？　次、私がこの地に戻り、戦場で会ったならば——」

冷たい……かつて人だったとは思えない程、冷たい視線が僕を貫いた。

『雷狐』と『炎麟』をいただくわ」

動けない僕達を残し、黒銀の飛竜は南方へと飛び去っていき——再び雨が降り始めた。

リディヤを抱き締めながら呟く。

「……負けたね」「……そうね。降りるわよ」

今度は逆に抱きかかえられ、広場に降り立つ。

北半分を喪い、七本の柱の内、結局残ったのは一本だけ。

結界が解けた為、建物に灯りがつき、人々が外へ出て来て騒然としている。

重苦しい敗北感。だけど——僕はリディヤにぎこちなく微笑んだ。

「でも……ニコロ君は渡さなかった」

「……そうね」

「アトラも『炎麟』も奪われなかった」

「……そうね」

「何より——」「あんたと私も生きている」

リディヤの瞳に強い勇気の炎。

今までだって僕達は無敵の存在じゃなかった。

敗北の味は……知っている。

「聖霊教が動いたのは、リンスターと侯国連合が講和するのを嫌がったからだ。彼等は水都の政情安定を望んでいない。少なくとも──」

「ニコロを確保し、必要な……『礎石』を手に入れるまでは」

「すぐに調べよう。問題は『三日月』だ。……吸血姫は洒落にならない」

──聖霊教と組んだ堕ち伝説の英雄。

何れ必ずもう一度ぶつかる。しかも、そう遠くない内に。

『コールハート』と『コールフィールド』。今まで、殆ど取っ掛かりさえ得られなかったローザ・ハワード様との関わりも気にかかる。

……向かった先は南か。

リディヤが地面に突き刺さっている魔剣を引き抜いた。

──崩れそうな広場の残骸へ一閃。両断した。

僕へと向き直り、傲岸不遜に宣言。

「問題ないわ。次は勝つ！」

「……簡単に言うね」

「当然でしょう？　だって──」

惚れ惚れするような動作で魔剣を納め、僕を見つめた。

「あんたと私が一緒にいて、最後に勝てなかったことがあった？」

「…………ほんと、君には敵わないよ」

リディヤと頷き合う。次は必ず。

「こ、これはいったい……貴様等、無事かっ⁉　何があったのだっ⁉」

振り返ると、数名の兵を引き連れたニケが叫びながら走って来るのが見えた。

ホテルから強行軍でやって来たのだろう。

無茶するなぁ……僕は苦笑し、リディヤに提案した。

「一先ず帰ろう。アトラやサキさん達もきっと心配しているよ。此処の後始末は」

「ニケ・ニッティに押し付けて、ね？」

エピローグ

「お帰りなさいませ！　リディヤ御嬢様、アレン様!!　お怪我はありませんか？　尋常じゃない魔力を感知したので……みんなで心配していました」

『広場の始末をつけたらすぐに屋敷に戻る』というニケと手短に話をし、朝陽に染まる『水竜の館』の前で僕達を出迎えてくれたのは、箒を手に持つシンディさんだった。

　メイドさん達や従業員さん達も補修したり、片付けの真っ最中だ。

　僕は、魔杖『銀華』を収納しながら応じる。

「疲れてはいますが、怪我はありません。ただ、使徒達には逃げられてしまいました。厳重な警戒が必要です。ニケ殿は屋敷に戻られました。ニコロ君とトゥーナさんは『……貴様等が面倒を見よ』との温かい伝言を受け取っています」

「了解しましたっ！　御無事の御帰還、ホッとしています。――あ、でもぉ」

安堵の表情から一転、快活メイドさんはニヤニヤ。

仕事をしているメイドさん達も、ひそひそと内緒話をしながら、楽しそうだ。

僕の左腕に抱きつき、指を絡ませているリディヤが「……う～」と呻いた。

シンディさんが両手を合わせる。

「リディヤ御嬢様は、お熱が出てしまっているかもしれませんが！」

温度が急上昇。

それでも離れようとしないまま、リディヤはメイドさん達を睨みつける。

「…………シンディ。貴女達？」

『アレン様、ありがとうございますっ！　御仕事に戻りますっ‼』

メイドさん達が僕へ見事な敬礼をし、散っていく。

……う～ん、この人達もリンスターのメイドさんだな。

妙な納得を覚えながら、残ったシンディさんへ質問する。

「アトラとニコロ君達は上ですか？」

「はい！　サキが見てくれています」

快活メイドさんに先導され、ホテルの中へ。

昨晩の襲撃。

そして、それに伴う戦闘の結果、見事な内装は見る影もなくなっていた。

天窓は割れ、テーブルや椅子は砕かれ、調度品の多くが傷ついている。

植物の枝と根は処理してくれたようで見当たらない。

ホテルの従業員や、リンスターのメイドさん達が片付けに奔走しているのを見つつ、所々破損した階段を上っていく。

シンディさんが怜悧さを感じさせる顔になった。

「──捕らえたカーニエンの捕虜達の尋問は、パオロ様へお任せしています。あの御方、元ニッティ家筆頭諜報官なんだそうです」

そう言えば──

出来るだけ早めに南都へ情報を伝えないと。

「僕達が追撃をかけた後、ニケはニッティの兵を無理矢理参集させたんですよね？」

「……はい」

シンディさんは首肯し、困り顔になった。

「お引き止めしたのですが、御意思が固く。『このホテルは危険だ。水都廃墟街に今は機密書庫として使っている、ニッティの古い屋敷がある。そこを使え。詳しい場所はパオロが知っている』と。十三委員会内の機密情報も適宜連絡する、とも仰っていました」

「……蛮勇ではありますね」

予想通りの言葉を受け、僕は半ば呆れる。

相手は講和阻止の為ならば、兵を動かすことを躊躇しなかった連中だ。


にも拘わらず——彼は血を流さずに済む方法を全力で模索している！

狙われている弟さん達を残していくなんて。少しは信用してくれているのかな？

リディヤの細い指が僕の頬を突いた。

「……変な顔」

「ひ、酷いな」

「酷くないわよ。……隣に私がいるのに、そんな顔をするのが悪い！」

声色に、濃い拗ねが混じっている。

リディヤにとっても、『三日月』との期せずしての遭遇戦は衝撃的だったのだろう。

負けん気は見せても、肉体と精神にかなりの疲弊を与えているようだ。

シンディさんが何度も頷いた。

「ふむふ〜。なるほど〜。これが、南都や王都の子達が味わっている感覚なんですねっ！

勉強になりますっ！　くぅぅ！　今度、私も異動願い出すか迷いますっ！」

「ははは……」

リリーさんとシンディさんが一緒だと騒がしいだろうな。

四階まで上り切る。

この階でも、メイドさん達がせっせと片付けをし、破損した箇所を補修している。

快活メイドさんが僕達へ敬礼した。

「みんなの仕事ぶりを確認してきます！」

「交代で休憩を」「食事もちゃんとね」

「はーい！」

元気よく返事をし、シンディさんはメイドさん達へ近づいていった。

僕とリディヤはそのまま自室へと向かう。

すると、疲れきった様子の少年と少女が、廊下で待ってくれていた。

「ニコロ君、トゥーナさん」

「ア、アレンさん！」「………」

薄青髪の少年は慌て、混血エルフメイドさんは深々と頭を下げてくる。

リディヤに左腕を拘束されながら、挨拶。

「御無事で何よりです。君に何かあったなら、僕はニケに殺されてしまいますからね」

するとと、少年の顔が見る見る内に曇った。

「そんなことはないと思います。兄上は僕をお嫌いになっていますから……。僕は足を引っ張ってばかりなので………」

「……ニコロ坊ちゃま」

トゥーナさんが泣きそうな顔になり、幼い主人を見守る。

ニケの真意は、弟さんへ正しく伝わっていないようだ。

……まぁ情報分、だな。

「ニコロ君、今から話すことは単なるお節介です」

「は、はい」

所々破損している広い廊下を進みながら、少年を諭す。

「まず――僕の知っているニケ・ニッティはそんな器の小さな男じゃありません。彼は君を大事に想(おも)っている、と断言します」

リディヤがますます強い力で左腕を拘束してくる。痛い。

自由な右手をひらひら。

「昨晩を考えてみてください？　ニッティ家次期当主として、講和に字義通り奔走。碌(ろく)に眠れてもいないだろう男が……『弟が襲撃を受けた』との報を受けた途端、全てを放り投げて単独でやって来たんですよ？　君を大切に想っていなかったら出来やしません」

ニコロ君が目をパチクリ。

恐る恐る、といった様子で僕へ問うてくる。

「……あの……アレンさんは、兄上とお知り合いなのですか……？　手紙では、『話したことはない』と……」

「一度でも話したことのある人の名前は忘れない。僕の数少ない特技なんですよ。彼には内緒でお願いします。トゥーナさん、情勢は混沌としています。最悪の場合、ニコロ君と一緒に水都脱出も視野に入れておいてください。では、また後で」

「は、はい！」

ニコロ君達主従は声を合わせ、用意された部屋へ戻っていった。

リディヤが頭を僕の肩へ載せて来る。

「……本当にいた？」

「いたよ」

「…………ふ〜ん」

信じてない様子だ。本当なんだけどな……。

そうこうしている内に、僕達の部屋前に到着。

扉をノックすると、

「あ、開いております……」

サキさんの困惑がドア越しに伝わってくる。

扉を開けるとベッド前の椅子に腰かけていた、美人メイドさんが立ち上がった。

困惑しつつ一礼。

「リディヤ御嬢様、アレン様……」

「サキさん？」「どうかしたの？」

「…………」

深刻そうな顔でベッドに視線を向けた。

――そこにいたのは丸くなって寝ている幼狐。

サキさんが説明してくれる。

「昨夜……水都北方で閃光が走った直後、この御姿に……」

僕は右手をアトラの頭に置いた。

――閃光の直後、か。

『紅剣』最大発揮の制御を、アトラも手伝ってくれたのだろう。

「♪」

眠りながら獣耳と尻尾を震わす幼狐を撫でながら、サキさんへ頭を下げる。

「すいません、説明していませんでしたね。実は――」

言い終える前に、外から大きな破壊音。

「「！」」

僕達は顔を見合わせ、バルコニーへ。

水都の各所で煙が上がっている。

魔力の動きから見て、小競り合いが激しくなってきているようだ。

リディヤと顔を見合わせる。

「始まったみたいだね」「……ええ」

――今はまだいい。

水都に大軍がいない以上、各家の長が自重する限り大事には至らない。

問題はこの国でも暗躍している聖霊教。

そして――……自らを吸血姫に堕としてまで二百年余を生き延び、再び表舞台に姿を現した古の英雄『三日月』。

後には退けないだろうカーニエン侯の動きも気にかかる。

……改革の為、か。俄かには信じ難いけど。

扉が荒々しく開き、シンディさんが飛び込んできた。

「リディヤ御嬢様！　アレン様！　ニケ・ニッティ様からの書簡ですっ‼」

早いな……。良い報せじゃなさそうだ。

シンディさんから書簡を受け取り、ざっと目を通す。

声で起きたアトラがベッドの上で伸びをしている。

「内容は？」

リディヤが腕組みをし短く尋ねてきた。

「――昨日の件を切っ掛けに、講和派と継戦派の小競り合いが水都各所で始まったって。ただ、『都市内にいる兵数は限られている為、当面大規模衝突は考えにくい。現時点ではカーニエンも沈黙』、だってさ」

「全部、あんたの予想通りってことね。でも、これから状況は悪化していくわよ？」

紅髪の公女殿下はベッドへ歩いて行き、腰かけた。

アトラが嬉しそうに獣耳と尻尾を揺らしながら、少女の膝上へ移動する。

僕は顔を顰めた。

「……厄介だなぁ」

「何時ものことよ」

リディヤはあっさりと僕の反論を封じ、サキさん達と僕へ命令。

「私達は一旦仮眠を取るわ。ほら、指示、指示」

「……いや、リディヤが出せば」

「あんたに全委任するー」

そう言うと相方はアトラを抱え横になった。頭を掻き、指示を出す。

「……サキさん、魔法生物による早期警戒網の構築を願います。絶対に無理はせず。事態がどう動くにせよ、決着にはもう少し時間が必要な筈です。敵方の狙いは――当面ニコロ君。そして、リディヤとアトラです」

「――畏まりました」

美人メイドさんは公女殿下と幼狐の姿に目を細め、次いで瞳に戦意を漲らせた。

「シンディさん、パオロさんから連合の全域図を借りてきてください。それと――」

老支配人の言葉を思い出す。

「機密書庫の位置を教えてください、と。私、水都生まれ、水都育ちなのです。仮眠を取り次第、移動します」

「はいっ！」

ベッドに腰かけ、アトラを撫でる。

……この子がいなかったら、僕とリディヤは危なかった。

サキさん、シンディさんへお願いを口にする。

「あと、水都における『礎石』という言葉について調査を。こちらはニコロ君に質問するのが早いかもしれません。彼は相当量の古書を読んでいるようです」

「……水都の」「『礎石』……？」

メイドさん達が困惑の表情を浮かべる。

水都に駐留していたこの人達ですら、心当たりがないようだ。

「最後に——もう一点」

僕は声をやや低くした。

「『旧聖堂』。そこに何があり、どんな役割を果たしているのかを探ってください。あそこは単なる古いだけの遺跡ではないようです」

二人のメイドさんが部屋から出ていくと、リディヤは即座に僕の手を引いた。

甘えた表情で自分の隣に寝るよう要求。僕も疲れているので抗えず、横になる。

「……ん」

紅髪の少女は身体を動かして僕に密着し、胸に顔を埋めた。

頭を撫でながら、呟く。

「……疲れたね」「……そうね」

僕達は沈黙。

今の全力を振り絞り、辛うじて負けなかった。

でも……勝利には程遠かった。

そのことは言葉にしなくてもお互い理解している。

——……でも。

「リディヤ」

「ん～？」

少女が顔を上げた。

「広場の答えを返すよ。次は勝とう——二人で」

大きな瞳を幾度か瞬かせ、リディヤは満足そうに頷く。

「…………とうぜん、よ」

「♪」

ベッドの上でアトラが嬉しそうに鳴いた。

「うん。そうだよ、イーディスちゃん。此処(ここ)で表立って動けば、講和派の侯爵達は水都に軍を入れるのを早めるわ。勝てるけど……面倒でしょう？　ロンドイロも含め私が一つずつ丁寧に潰すから、今は回復に努めて。決戦はもう少し先だよ」

＊

通信用の呪符を用いて、昨晩の失態を挽回(ばんかい)しようと息巻いている小さい使徒へ指示を出す。いい子なのだけれど、少々暴走気味なのは玉に瑕(きず)かも？

海面近くを飛ぶ飛竜を巧みに操る、灰色フード付きローブ姿の子が話しかけてきた。

「よろしかったのですか？　貴女様(あなた)ならば――あの二人を倒すことも出来たのでは？」

「ヴィオラちゃん、無粋～」

私は題名が濃い朱色で印字されている古書を開きながら、生真面目な聖女直属護衛の少女へ切り返した。

『魔王戦争秘史　下』

戦地から送った私の手紙を元に、妹がこんな本を遺していたなんて。

心地よい南洋の潮風を感じながら、少女へ告げる。

「私、戦うのは好きだけど別に快楽殺人者じゃないわ。あの子達に恨みもない」

――昨晩の戦いは久方ぶりにゾクゾクした。

あんなに楽しかったのは……百年前の王都で、覚醒しかけていたウェインライトの子と殺り合った時以来かもしれない。

明らかに敵わない相手。

けれど――互いを信頼し、諦めることを知らず、ただただ死力を尽くす。

……二百年前の私を……まだ、世界を信じていた私を想い起こさせた。

教え子に粛々と説諭。

「教皇庁の奥の院で今回の『絵』を描いたあの子も、そんなことを望んではいないわ。そうでしょう？　『上手くいき過ぎていて怖いです……』ってよく言ってるじゃない？」

「……申し訳ありません」

ヴィオラちゃんは恐懼し、沈黙した。

私は独白を零す。

「……『流星』を継ごうとしている、『欠陥品。なれど最後の鍵』と、それを慕う『忌み子』。まるで、彼と彼女のよう……見せつけられると、嫉妬してしまうわ………」

きっと今、私の瞳は闘争の歓喜で深紅に染まっているだろう。

「旧聖堂にかけられている、双竜の封止結界が極限まで弱まる次の闇曜日まで一週間。『罪深き侯王の贄』も把握した。『礎石』が手に入れば……私達の大望にまた一歩近づく。仮にも『流星』を名乗るのならば、この程度の逆境は越えて貰わなきゃ。それでも――」

戯れに左手で前方を薙ぐと、衝撃で前方の海面が爆発した。

「勝つのは私――アリシア・コールフィールドだけれど。計画成就のその日まで、『聖女』の言葉は絶対でないといけない。新時代の英雄も、小賢しい人も、恐ろしい竜も、健気な八大精霊すらも打ち倒し、私は、私達は全てを手に入れるっ！」

あとがき

四ヶ月ぶりの御挨拶、七野りくです。

祝二桁、十巻となりました。

これも読んでくださっている読者様、毎巻本当に素晴らしいイラストを描いてくださっているcura先生、暴走しがちな作者の手綱を握ってくれている編集様のお陰です。

昨今の市場の過酷さを鑑みれば、ここまで書いてこられたのは、本当に幸運だったと思っています。

でも、まだまだ書きたいことだらけなので、今後も頑張っていきたいですね。

少なくとも、作者は四年目も書き続ける気満々です！

内容について。

表紙は一巻を出した時点での、目標の一つでした。

『何れ必ず、リディヤがアレンを独占している巻を書こう』

一先ず果たせて良かった。

まぁ第三部はほぼほぼずっと、リディヤのターン！　予定なんですけどね。

……毎巻、出番増を強硬に主張される狼聖女様と腹黒王女殿下には釘を刺しておかねば。

宣伝です！

九月に『公女』とほぼ同時で、コミカライズ版も発売されているので是非。

『辺境都市の育成者』五巻、今冬発売となります。

お世話になった方々へ謝辞を。

担当編集様、今巻もご面倒おかけしました。では……次の原稿を書きますね。

cura先生、特装版のイラスト、表紙、口絵、挿絵、完璧です！　毎巻、受け取る度に、『うん……次巻も頑張ろう』と思っています。

ここまで読んでくださった全ての読者様にめいっぱいの感謝を。

また、お会い出来るのを楽しみにしています。次巻、歴史の闇と教え子達の奮闘です。

七野りく

お便りはこちらまで

〒一〇二－八一七七
ファンタジア文庫編集部気付
七野りく（様）宛
ｃｕｒａ（様）宛

公女殿下の家庭教師10
千年の都

令和3年11月20日　初版発行

著者――七野りく

発行者――青柳昌行

発　行――株式会社KADOKAWA
〒102-8177
東京都千代田区富士見2-13-3
0570-002-301（ナビダイヤル）

印刷所――株式会社暁印刷

製本所――本間製本株式会社

※定価はカバーに表示してあります。
●お問い合わせ
https://www.kadokawa.co.jp/（「お問い合わせ」へお進みください）
※内容によっては、お答えできない場合があります。
※サポートは日本国内のみとさせていただきます。
※Japanese text only

ISBN978-4-04-074146-8 C0193　◇◇◇